写下遇见你的每一天

林怀仁 编　　田雪松 书

北京联合出版公司
Beijing United Publishing Co.,Ltd.

书写更好的自己

从前，车慢路长，一旦分别，此生难再相见。相互通音信，要用纸笔，一笔一画地书写，再托人传递。而现在，人们发送电邮，甚至用表情包和视频代替了文字表达。

鱼传尺素、驿站梅花已经成为历史，取而代之的是跳动的键盘和夸张的表情包。快捷的沟通固然好，但是那份缓慢而安静的美好也不应当就此被抛弃。

如今，键盘无处不在，在一日日的敲击中，人们提笔忘字。不要说把字写好看，单是写工整已是不易。即使是名校毕业的高才生，下笔也是龙飞凤舞。再看看上一辈工整有力的笔迹，不禁让人叹息，这么美的书写竟然就这样慢慢消失了。在电子化高度发达的今天，一字字落笔无悔的书写显得弥足珍贵。

见字如面，这是书写才会有的力量。当书写者拿起笔落向纸端的同时，他的温度也随之注入笔尖，在横竖弯钩中形成自己的气质。心思细腻之人写出的字往往娟秀，而豪迈旷达之人下笔大多铁画银钩，笔力千钧。每个被书写的字，都像女娲手下的泥人一样，被注入了书写者的灵性。

因此，书写，即是在字中遇见自我的过程。

写字，得之于心，而应之于手。在书写中，心中的想法流泻于笔端，毫无停滞。静静地把内心的想法书写出来，沉浸在心流之中，忘记时间的流逝。这恐怕是键盘输入无法媲美的流畅享受。

虽然时代的发展日新月异，但手写依然有它不可替代的位置。做这本写字书的目的就是让人们返璞归真，在繁忙的生活中，暂时放下键盘，泡一杯清茶，在桌案前写下属于自己的文字，书写每天的点滴幸福。

小时候学写字，总是草草描完字帖，应付了事。一年下来，虽然练了好几本字帖，但是手下的字依然七扭八歪。如此，自然练不出一手好字。

学写字，急不得。好字并不是一朝练就的，要想写出一手好字，就得拿出达·芬奇画鸡蛋的精神，把同样的字、同样的笔画写上一遍又一遍。只有这样，才能形成无形的规矩，才能在挥洒自如中自成方圆。

其实，何必急匆匆的，写字本身就是一种美的享受。在顿挫中感受笔画的流动，在心手相应的挥洒中享受书写的畅快。只要感受到一点写字的快乐，就能在兴趣的驱动下渐入佳境。

写字需要大量的练习，但也有捷径可寻。汉字构件的组合有它自身的规律，掌握了汉字的结字规律，就能举一反三，事半功倍。因此，本书引导读者在动笔之前，先了解硬笔字的书写常识，分析汉字的结构规律，再下笔自然成竹在胸。

美字须配美文，如此才能相得益彰。色香味俱全的佳肴被装在粗陋的盘子里，终会让人没了胃口。本书收录了各类佳句，让你在书写时不仅能够感受汉字之美，还能在语言的世界中品味诗词、体悟人生百态。

种种考虑，都是想让读者在拿起笔时，感受到书写的快乐。

纸短情长，手写更见心之诚，情之切。虽然生活急促前行，但拿起笔，你就拥有了自己的一方宁静世界。在每天的书写中，感受最真实的幸福，遇见更好的自己。

人的脆弱和坚强
都超乎自己的想象

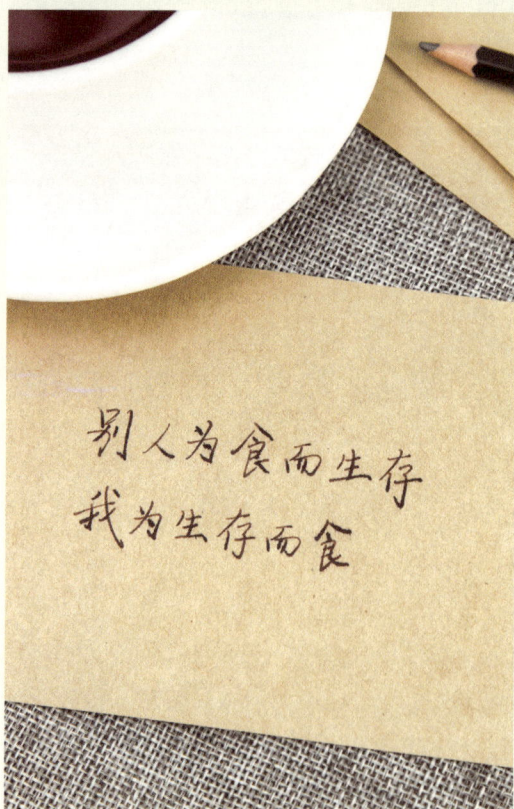

别人为食而生存
我为生存而食

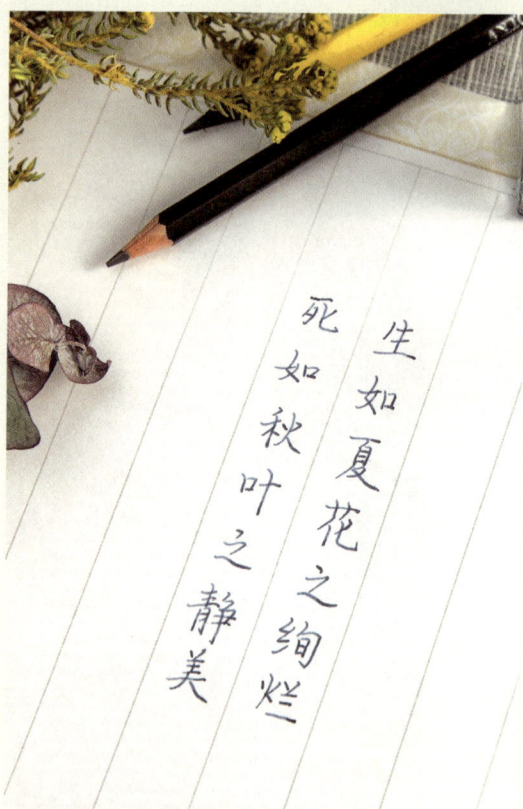

生如夏花之绚烂
死如秋叶之静美

一 入门基础 / 1

1 硬笔种类、纸张及墨水 / 3

2 良好的书写坐姿，既是写字的硬性要求，更是健康的保障 / 9

3 采用正确的握笔方式，轻松写字 / 10

二 让字体变漂亮的关键法则 / 13

1 动笔前的准备 / 14

2 基本笔画的写法 / 15

3 字体结构 / 18

4 笔顺，顺不顺？ / 21

三 练字静心·名言帖 / 25

1 知人生 / 26

2 悟哲思 / 39

3 惜时光 / 51

4 品诗词 / 61

5 诉真情 / 74

6 好学习 / 84

7 谈理想 / 94

8 铸人脉 / 103

9 学管理 / 113

四 间架结构习字法 / 121

落霞与孤鹜齐飞
秋水共长天一色

如果有来生，要做一只鸟，
飞越永恒，没有迷途的苦恼。

没有开不了的锁，
只有面对不了的心。

人生若只如初见
何事秋风悲画扇

从明天起，
做一个幸福的人。

所谓伊人，在水一方。

入门基础

　　这是一个基础而重要的章节，工欲善其事，必先利其器，在写字的准备阶段，教你如何挑选适合自己的书写工具。

1 硬笔种类、纸张及墨水

2 良好的书写坐姿，既是写字的硬性要求，
　　更是健康的保障

3 采用正确的握笔方式，轻松写字

◆ 写字的基本装备

古人常言，工欲善其事，必先利其器，写字也不例外。了解书写工具的特性，是不可或缺的准备工作。好的书法家就算手头的工具不称手，也能写出一手美字，因为他们有多年的书法、美学积淀；而对于普通人来说，找到一种特别适合自己的书写工具，则是必要的准备。说穿了，想成为写字高手，你需要的是一件称手的工具，外加特别重要的练习。

有人认为写一手好字离不开精制的笔墨，其实不然。与其一掷千金买来昂贵的钢笔、墨水，还不如依照个人的书写习惯选择适合自己的工具。铅笔、圆珠笔、钢笔，不一而足，但最终原则只有一个：称手就好。

在本章第 1 节，首先介绍铅笔、圆珠笔、钢笔这三种日常写字工具；在第 2 和第 3 节，则是在身心放松的前提下，讲述正确的坐姿和握笔、执笔的方式。以这些认识和书写习惯为基础，你就具备了写好字的基本素养。那就从现在开始，踏上写字的旅途吧。

1 硬笔种类、纸张及墨水

什么是硬笔

　　硬笔与软笔相对，笔头尖、细、硬，与软笔相比，较无弹性，如钢笔、铅笔、圆珠笔、签字笔等现代书写工具。硬笔因为收取方便，使用快捷，逐渐成为日常书写工具中的主力。而软笔（如毛笔、软毫笔）则可以随着肩、肘、腕以及提捺顿挫之间的变化，使线条更富于变化，更利于表现书画作品中多变的线条。

铅笔：朴实外表下的狂野内心

　　铅笔有着朴实的外表，而且常常出现在小朋友手上，似乎没什么可说的。但是，铅笔在所有书写工具中，却是如武侠小说中最厉害的工具——扫地僧手中的扫帚一般的存在。拿铅笔练习硬笔字，其表现出来的线条之丰富，实在不是三言两语就能说得完的。

　　铅笔以石墨为原料，最大的特性就是可以进行擦拭涂改。在成人世界里，它或是绘图者手中的神器，或是画家草稿上的寂寞舞者。其实，千万不要小看铅笔，可以说它在朴实的外表下，有着最为狂野的心。正因如此，它也备受习字者的青睐。从铅笔着手来练习硬笔字，是一个不错的选择。那么，随便一支铅笔就可以吗？

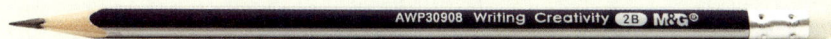

　　其实，铅笔也有软硬之分。铅笔上的 2B、HB 等标志都代表了什么含义呢？这就是辨别铅笔软硬度的"ID"。硬质铅笔用"H"标示，软质铅笔用"B"标示，软硬适中的则用"HB"标示。"H"前的数字越大，表示铅笔芯越硬；而"B"前的数字越大，表示铅笔芯越软。书写铅笔是"HB"铅笔，机读卡涂卡用笔是"2B"铅笔，这两种较软的铅笔较为适合书写。因

H	HB	B
硬	适中	软

为硬质铅笔书写起来较为费劲，字迹也较淡，线条不利于初学者把控，而且书写时手指受力更大。所以用硬质铅笔练习硬笔书法，并不合适。

对于书法入门者来说，推荐用 2B~4B 之间的铅笔，因为书写时，铅笔的笔尖会出现变化多端的斜面；将这些斜面加以合理运用，利用不同的角度、提按变化，就能打造出富于变化的优美线条。有的写字高手更倾向于用手削铅笔进行创作，就是因为它有不同的斜面，更利于展现线条变化。

圆珠笔、签字笔：当代科技下的多面圣手

宋·陈师道《后山谈丛》："善书不择纸笔，妙在心手，不在物也。"意思是说，擅长书法的人，不会对毛笔有所苛求，挑三拣四，写好字的关键在于成竹在胸，而不在书写工具上。而对于现代人来说，工作生活中用到最多的硬笔，可能就是圆珠笔与签字笔了。你有必要好好重新认识一下这些老朋友。

圆珠笔又称走珠笔。圆珠笔是借助笔尖的滚珠滚动带出墨料，与纸张摩擦产生字迹的一种书写工具。日益丰富的笔尖、墨水种类已经让圆珠笔家族日益壮大。就练字而言，根据个人偏好选择适合自己的就好。但无论哪种形式的圆珠笔，最为关键的参考标准就是书写时的顺滑度。

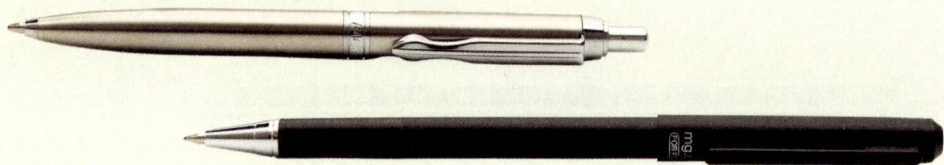

★ 圆珠笔、签字笔，哪种更适合书写

对于很多人来说，圆珠笔、签字笔的书写感受是要优于钢笔的，其中一个很重要的原因就是圆珠笔、签字笔对纸张的适应力要好于钢笔。一般而言，绝大多数圆珠笔都不会出现晕墨现象。那么，怎么挑选圆珠笔呢？

圆珠笔中，以出墨顺畅、手感顺滑的油性圆珠笔为佳。当然，有些人更喜欢用水性签字笔，这一点可

以根据个人偏好而定。圆珠笔主要分为三大种类，以下列明，以便读者挑选。

油性圆珠笔：即最为传统的圆珠笔。这类圆珠笔的优点在于，其纸张适应性非常强；同样，这类笔的明显缺点在于，书写时容易产生飞白（出现中空的笔画），容易积墨，且书写时的迟滞感比较明显。

中性圆珠笔：即近几年在传统圆珠笔基础上生产的改良品种。相较于油性圆珠笔，它的书写顺滑度更高，不容易出现飞白，是目前比较常见的书写工具。

水性圆珠笔：这类圆珠笔最大的特点就是容易出墨。书写时不用力按压，就能出现明显的字迹。但由此而来的缺点便是墨迹不易干，晕墨现象比较明显，对纸张的适应性不及上述两种笔。

无论用哪种类型的圆珠笔，都要以书写便利为前提。

钢笔：笔中之王

钢笔是最容易和"硬笔书法"画等号的一种书写工具。钢笔因构造的特殊性，长时间使用也不易感觉劳累，是众多书写者非常青睐的书写工具。对于刚入门硬笔书法的朋友来说，挑选钢笔却是一门不小的学问。但挑选时有一个法宝：选择钢笔不应该将重心放在"贵不贵"上，而应该放在"对不对"上，即适合的便是好的。

★ 挑选钢笔的法则

用于钢笔笔尖的材质常见的有不锈钢或 14K 金、18K 金。不锈钢笔尖的调性较硬，相对容易控制；14K 金及 18K 金则因为含有相当比例的黄金，所以具有延展性，比不锈钢制的笔尖软弹一些。但影响弹性的因素很多，还要视笔尖的制造方式而定。同样构造的笔尖，黄金含量越高（K 金标示的数字越大），笔尖越有弹性；而适度的软 Q 感，更

容易表现出笔画的丰富姿态。话虽如此，请各位千万不要对"弹性""软"抱有过多的幻想，多练习操控手中的笔，仍然是写出好字的不二法门。

笔画的粗细取决于笔尖的造型与尺寸，而笔尖至少有四种尺寸，欧美品牌以 EF、F、M、B 标示，日本笔则多以极细、细、中、大或 EF、F、M、B 标示。虽然有尺寸可供参考，但是因为欧美文字书写笔画相对较少，所以同样是 F 尖，欧美品牌的尺寸会比日本品牌的尺寸大上一号。日本钢笔的 EE、F、M 三种尺寸，对练字而言，大多不会过粗。欧美笔厂的钢笔，出墨量稍大，EF 或 F 是比较保险的选择。

钢笔种类繁多，除了外观、材质、功能，自由度的变化幅度也大，又有来自各品牌墨水的加持，使用者可根据喜好适度添购。购买前多问、多试，就有机会挑选到属于自己的"倚天剑""屠龙刀"。

钢笔三视图（正、后、侧）

钢笔墨水

墨水是一种令人又爱又恨的用品。墨水究竟有什么致命的吸引力，可以让收集者积墨成塔而甘之如饴呢？从墨水的特性、形式、功能、特色来看，或许可以一窥个中原因。

"钢笔墨水是水性的，很容易晕，使用不方便，对吗？"

"用钢笔写过的纸张背面看起来都脏脏的，对吗？"

"钢笔字迹沾到水就会消失，很不方便，对吗？"

这些问题的答案是——对，也不对。使用钢笔写出来的字迹会不会晕染，和纸张的耐水性高低、受潮与否都有关系。当然，墨水的配方、钢笔出墨量的大小也有影响。

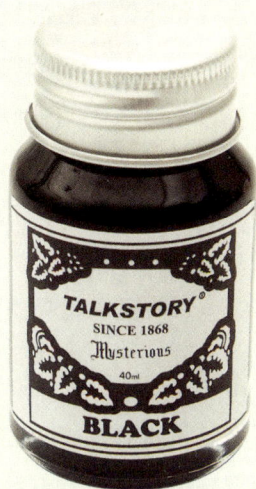

纸

请大家试着在脑海中勾勒出一幅画面：以笔当锄，以墨水为养分，辛勤地在一方田亩中耕耘，等待文字的果实结成。此时，请不要忘了那片不起眼的沃土——成就美字不可或缺的纸张啊！选纸是一门重要的学问，若是笔优墨也美，但纸张不称心，可就会冲淡写字的兴致。选纸可以从厚度、耐水性及滑涩几个向度出发，为大家介绍如下。

★ 厚度

纸张的厚度通常可以通过其克重反映出来，克重越大，纸张越厚。纸张的厚薄直接影响到书写的手感。纸张越薄，弹性越大，反之则弹性越小。薄的纸张弹性虽好，但一不小心便有可能"入纸三分"，被笔戳破。因此可以这样归纳：出墨越容易的笔（如钢笔），越适合薄的纸张；反之，需要施力才能出墨的笔（如圆珠笔），搭配较厚的纸张会有更佳表现。

★ 耐水性

水性墨水的笔最怕写到易晕、易透、笔画线条还"长毛"的纸张上，这种情况下就算功力高强，写出来的也称不上美字了。耐水性跟纸张的纤维密度有关，纤维越细，耐水性越好。纤维的精细程度用肉眼不容易分辨，另外，有些墨水的配方也会导致耐水性好的纸"泛滥成灾"，所以最实在的筛选方法还是实际试写。另外值得一提的是纸张的保存问题。由于我国南方地区气候潮湿，让纸张长时间暴露在空气中，遭水气入侵之后，即使是纤维精细的纸张，书写效果都可能惨不忍睹。因此，将纸张放在干燥的环境中是保存纸张、保证书写品质的不二法门。

★ 滑涩

最后要谈的是纸张的滑与涩。如同雨天路滑我们会选择摩擦力较好的鞋子一样，写字时遇到较为顺滑的纸张时，可千万不要再配上"咕溜咕溜"的笔了。你能想象在油腻的厨房地板上溜直排轮滑的样子吗？为了能适度控制运笔，选纸时可以将笔的滑涩程度考虑进去。当两者取得平衡时，自然就容易写出自己想要的笔画姿态。

Tips 纸张就是纸张，哪来的弹性

在这里向读者提一个小小的建议。

在纸张下面垫一层如写毛笔字时用的垫布、卫生纸等平面软物。这样做是为了让不同重量的笔有更明显的反差与效果。当然，如果已经驾轻就熟，垫不垫软物就无所谓了。

2 良好的书写坐姿，既是写字的硬性要求，更是健康的保障

正确坐姿

①桌面（手腕）不能高于肋骨。

②眼睛与纸面至少有20cm的距离。

③书写处（纸笔的位置）大约是对齐右眼。

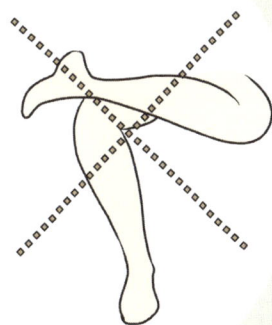

不良坐姿1

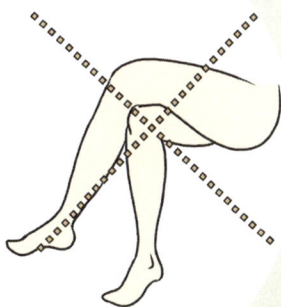

不良坐姿2

3 采用正确的握笔方式，轻松写字

①拇指指腹、食指指尖执笔，
中指作为支撑点。

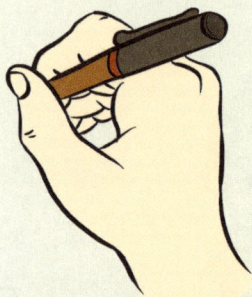

②执笔时拇指微鼓。另外，大部
分时间将笔杆靠在食指与手掌
连接的关节前一点的凹槽。

③执笔时无名指、小指是放
松、略缩而不是握紧的。

④将笔杆摆得倾斜一点，接近虎口的
位置（不要完全靠在虎口上）。

⑤全貌。

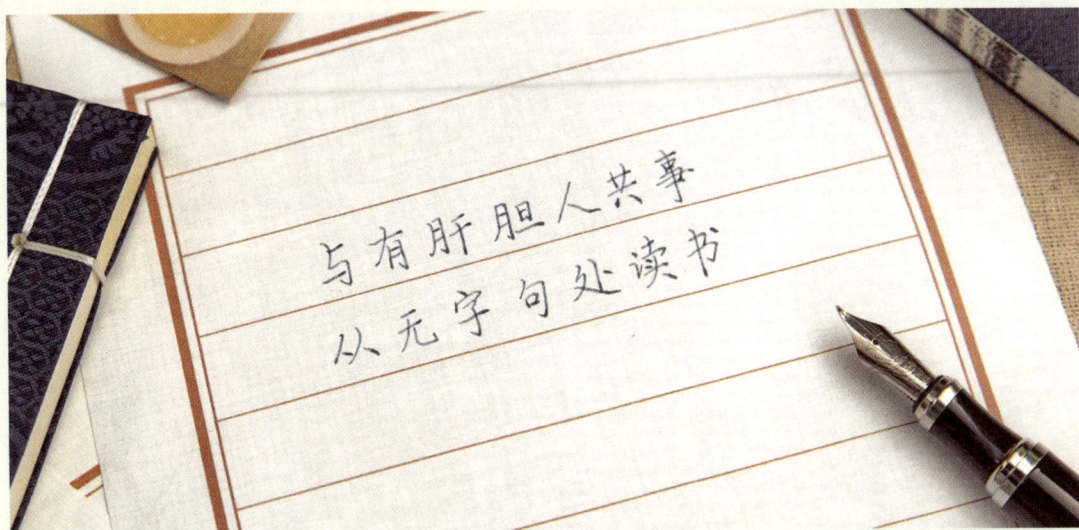

与有肝胆人共事
从无字句处读书

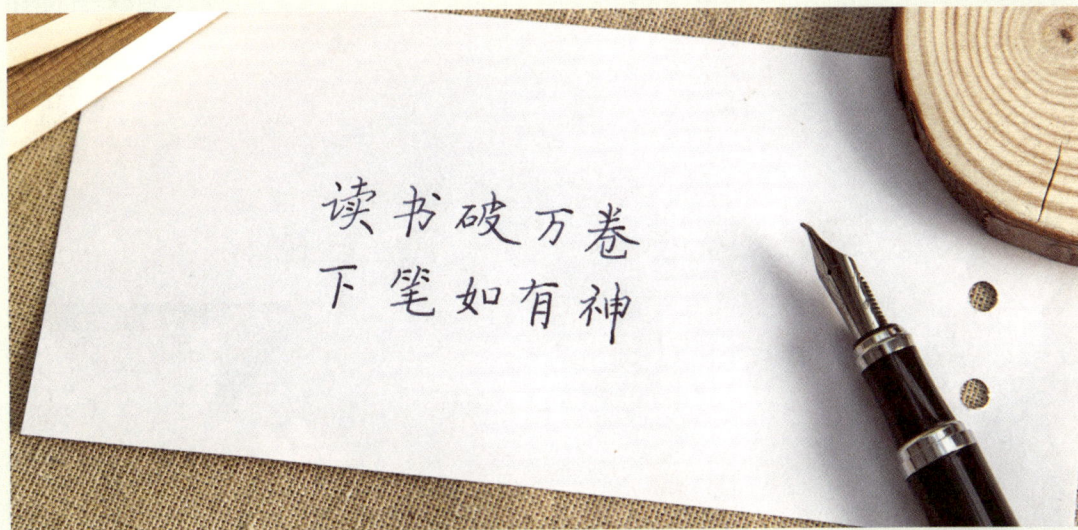

读书破万卷
下笔如有神

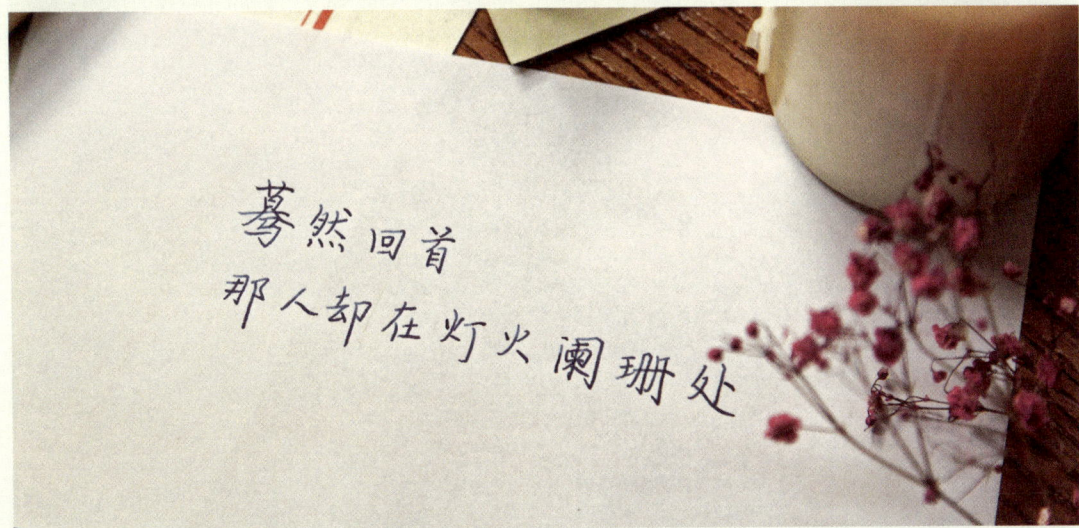

蓦然回首
那人却在灯火阑珊处

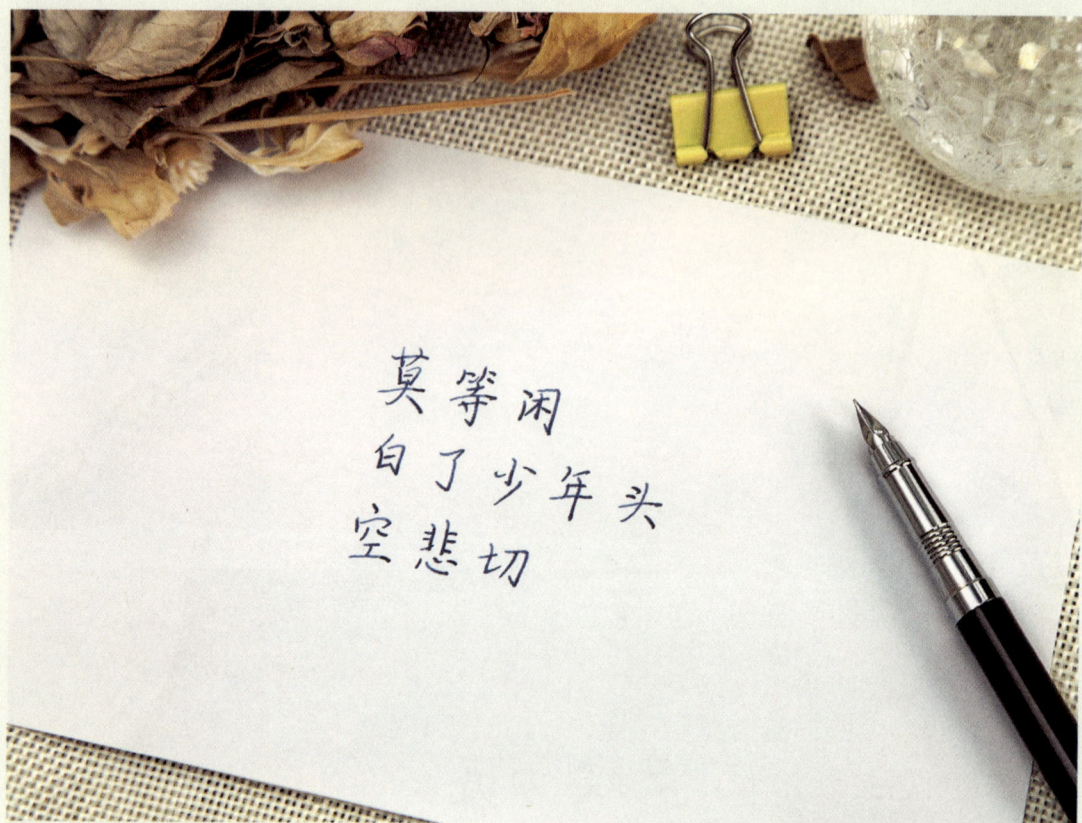

莫等闲
白了少年头
空悲切

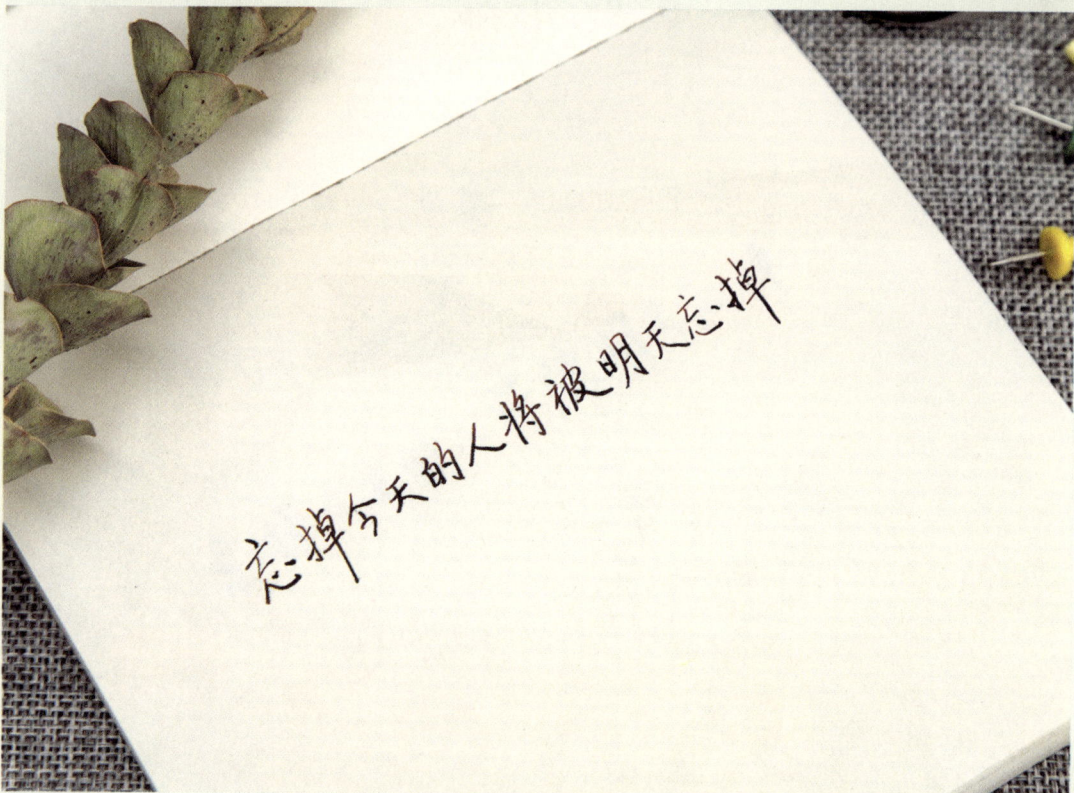

忘掉今天的人将被明天忘掉

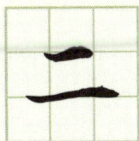

让字体变漂亮的
关键法则

掌握关键法则就不用担心在下笔那一刻产生挫败感！

1. 动笔前的准备
2. 基本笔画的写法
3. 字体结构
4. 笔顺，顺不顺？

1 动笔前的准备

轻松的身心

写字的目的是自我表达和沟通，这是一件再自然不过的事情。同时，写字是一种运动，是由大脑来控制眼睛和肢体的运动。当我们心情紧张时，很容易肌肉僵硬，这对写字来说，无疑是最大的敌人。唐朝孙过庭的书法理论著作《书谱》中写道："二神怡务闲，一合也"，意思是精神愉悦、事务闲静是书写的有利条件。由此可知，一千三百多年前的唐朝人就已经告诉我们身心愉快对写字的重要性。虽然放松身心很重要，但是当我们坐在写字比赛的现场时，全身仍然会不自觉地发抖。有目的地书写，常常都是紧张的来源，例如比赛、写作品、写情书。越有得失心，就越容易紧张。这个情形可以用以下两种方法来改善。

★ 练到驾轻就熟

自信心可以让紧张的程度有效降低，当然，这需要长时间培养。

★ 稍微转移注意力

在压力下写字（比赛、写作品、写情书等），紧张的感觉不见得会持续。所以，如果没有时间限制，不妨稍事休息，转移注意力；如果有时间限制，可以在脑海中对自己说："我知道自己现在很紧张，这是正常的。但是我准备得很充分，我很强。"用催眠自己的方法，减轻紧张的感觉。大家不妨也试着找出容易让自己放松的方法，多多利用。

敏锐的观察力

模仿是创作的来源。提到临摹，一定有许多人会拒绝，原因是"我想有自己的风格"。人不可能刚学写字就能写出一手好字，这需要一个学习及模仿的过程。从不会写到会写是如此，从丑进步到美更是如此。换个角度来想，模仿是形成自我风格的前提和基础。

相信谈到这里，有人已经磨刀霍霍向字帖；也有人认为困难，裹足不前。当然，依样画葫芦也是需要方法的；打开模仿的范本前，第一件工作就是把笔收好。这不是开玩笑，而是说在动笔之前先动脑，仔细观察模仿对象美在哪里，为什么美，观察得越细微，就会模仿得越到位。例如长短、粗细、角度大小、直曲等差异，都是需要观察、揣摩的重点。简单来说，看过、思考过再下笔是非常重要的一件事。

2 基本笔画的写法

点、横、竖、撇、捺、钩

观察过模仿对象之后，恭喜你，可以让笔露面了。我们将笔画的写法分成"点、横、竖、撇、捺、钩"六个类型，下面将剖析这六种笔画的外形及写法。

粗细及轻重

在介绍基本笔画之前，相信大家已经观察到，粗和细是构成单一笔画的元素之一。举个例子，轻与重对笔画的装点就好像化妆能使人增色一般；把字体结构写好，再加上姿态丰富的笔画，那便是锦上添花。

★ 细笔

相对细的笔迹，笔对于纸张的施力相对较轻；施力越轻，笔画越细。

★ 粗笔

相对粗的笔迹，笔对于纸张的施力相对较重；施力越重，笔画越粗。

笔画的粗与细是相对的，一般常见的通病是写字太过用力。在这样的情况下，当然不容易有粗细分明的笔画产生。在正式练习写字前，先用自己的笔轻松地在纸上试试看，自己可以写出多轻、多细的笔画；相反地，在不把笔用力写坏的前提下也试试看相对粗的笔画。一般而言，如果能写出较轻、较细的笔画，你就会发现，粗的笔画并不需要那么用力去写。

基本笔画完全解析

结构安排和笔画的姿态是写好硬笔字的两大元素，就像一首好歌需要优美的旋律及合适的编曲一样，缺一不可。将字体的结构安排妥当后，加上笔画的姿态，整个字看起来才会有节奏和表情。下面进行简要的图文说明，相信大家会对基本笔画的写法有更深一层的认识。

点的外形是由细→粗，所以施力是由轻→重。

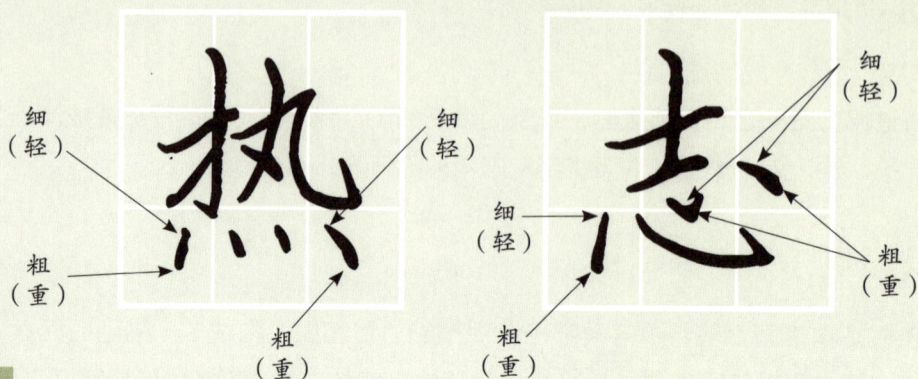

细
（轻）

细
（轻）

粗
（重）

粗
（重）

细
（轻）

细
（轻）

粗
（重）

粗
（重）

横的外形有两种，①粗→细→粗，施力是重→轻→重。

②细→粗，施力是轻→重。

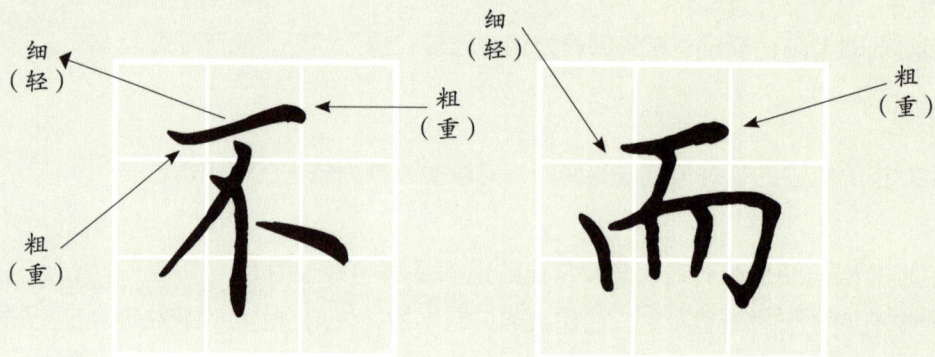

细
（轻）

粗
（重）

粗
（重）

细
（轻）

粗
（重）

竖的外形有两种，①粗→细→粗，施力是重→轻→重。

②粗→细，施力是重→轻。

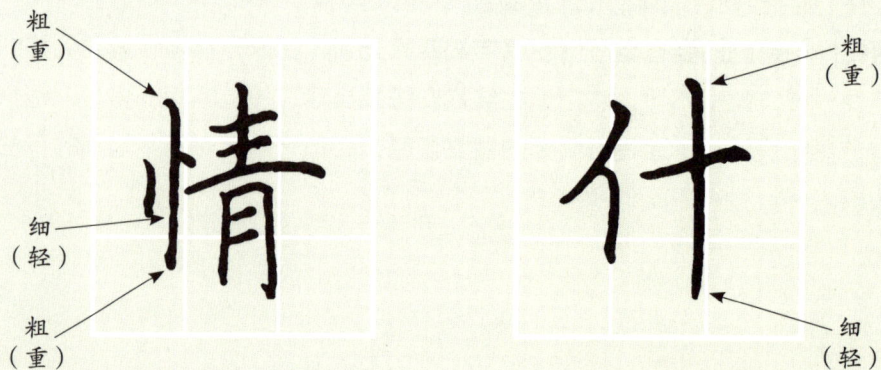

粗
（重）

细
（轻）

粗
（重）

粗
（重）

细
（轻）

撇

撇也有两种外形，①粗→细→粗，施力是重→轻→重。
②粗→细，施力是重→轻。

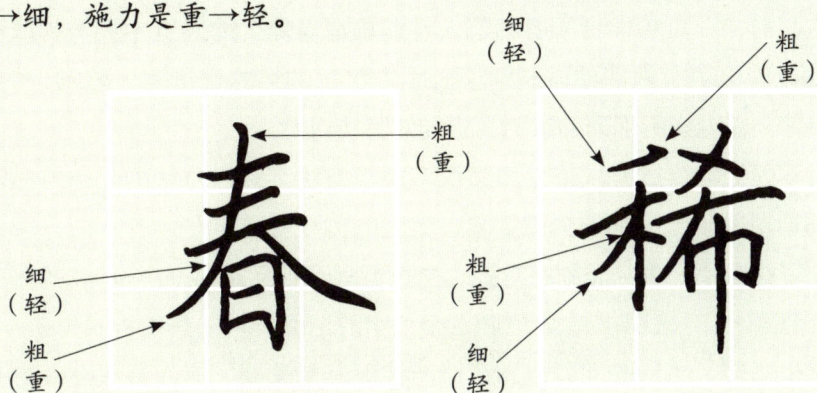

细
（轻）

粗
（重）

粗
（重）

细
（轻）

粗
（重）

粗
（重）

细
（轻）

捺

捺的外形是细→粗，施力是轻→重，可别写反了哦。

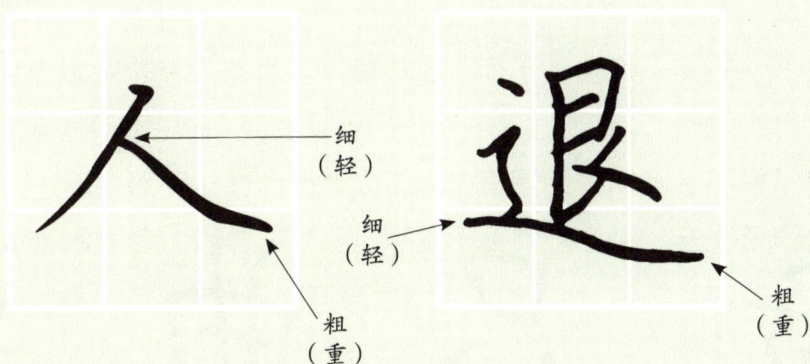

细
（轻）

细
（轻）

粗
（重）

粗
（重）

钩

钩是接着其他的笔画写的，写钩之前可以稍微停顿，就容易写出
外形由粗→细、施力由重→轻的效果了。

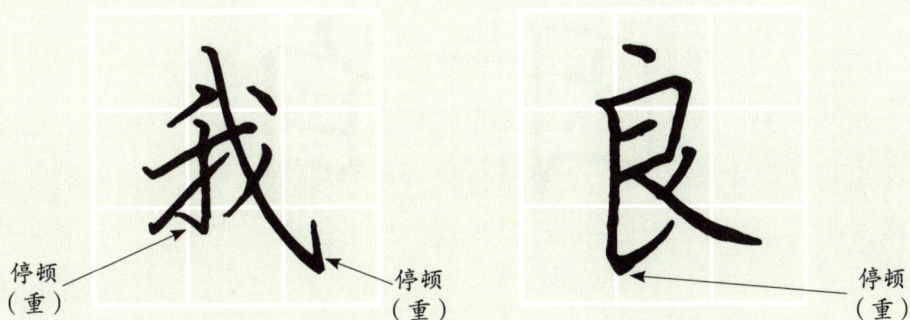

停顿
（重）

停顿
（重）

停顿
（重）

3 字体结构

对照字帖练习时，一般初学者最容易陷入"无法写得像"的挫折中。与其埋头苦干拼命练习，不如试着以更有效率的方式学习。因为汉字的结构安排有一些常见的规律，若是加以分类整理，在观察所学习的字时，更能知其所以然。

注意，绝对不能把字写成方块形。虽然汉字属于方块字，但方块的大致外形内，能有适当的曲线与造型变化是美字的关键要素。笔画的构成随着字与字的不同，也会存在差异。若是为了写得像"方块"而刻意对齐、拉直笔画，则又是另一个领域的特有写法，不在本书的讨论范围内。一般来说，可以随着个别字的造型，写出其独特的美感。

古人写字时也遇到了结构的问题，为了让结构更容易掌握，前人整理出来的楷书结构法则有"欧阳询结字三十六法""邵瑛间架结构九十二法"等，都是很有参考价值的经典。这里特别整理出其中几个大原则供读者学写字时参考。

几何形原则

用几何图形来认识字的基础结构有助于掌握字的外形。

三角形   梯形   倒梯形

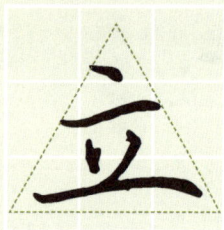 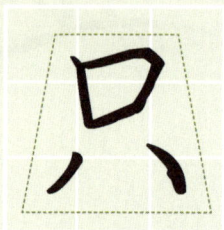 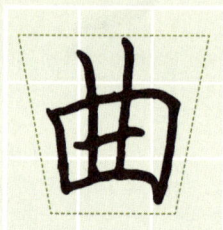 

长方形

倾斜原则

为了把长短不同的部首安置在一起达到平衡状态，横画倾斜是必要的。

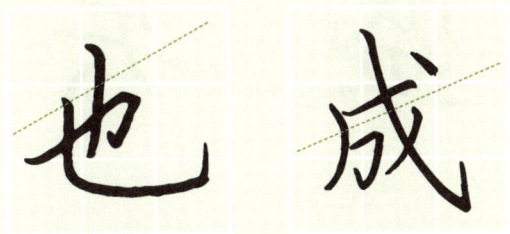

紧密原则

　　将部首组合最大的原则是必须写得紧密，也就是靠近部首接合处的笔画必须收敛避让，让"部件"紧密地结合，避免让人误认为是两个或三个字。除此之外，汉字还可粗分为下面几种造型。

独体字

 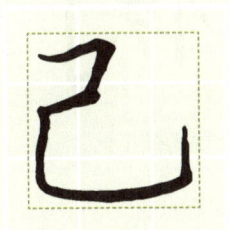

左右均等

*独体字由于笔画较少，会比其他字略小，约略占格子六七分。

左大右小

左小右大

上下均等

多部件组合字

*部件多时更要让彼此穿插紧密，且需额外留意局部的宽窄高低变化。

变化原则

重复笔画或是部件时，某个部分会有所变化。

*为了避让右边部首，左边的点内缩。

*第一个"匕"的收笔，是为了接下一撇，故改为挑笔。

*有两个竖钩的情况，两个收笔处通常会一收一放。

4 笔顺，顺不顺？

前文提到基本笔画，就像是汉字组装零件。这些零件除了位置要对，也要有序地摆放，这样才会更顺手。虽然有人会说字写得好看就好，何必计较笔画呢？确实，观看工整的楷书时无法根据已书写好的字去断定笔顺，而笔顺也不一定和字美丽与否有绝对的关系。然而，不可否认，好的笔顺有助于让字变得更好写，当然也就间接拉近了你与美字的距离。

笔顺类型

一般而言，书写时的顺序可分为五大类型：由上而下，由左而右，由右而左，由外而内，先写中间。分项介绍如下。

①由上而下：纵向排列的字通常由上往下写成（如爱、夏）。

②由左而右：横向发展的字常见的安排顺序是由左到右（如门、和）。

③由右而左：通常用于左边的部首较单薄或是被右边的部件所围绕者（如远、力）。

④由外而内：外面的边框先写较能掌控整个字的大小（如因、风）。

⑤先写中间：对称性较强或左右造型相仿的字通常先写中间以确定字的中心（如水、变）。

标准不一定顺手

在书法当中，为了讲求流畅顺手及美观，会有不同于标准笔顺的写法，例如情、生、火、必、成、感、皮、浅。需要提醒的是，练习写字应先掌握汉字正确书写笔顺，再追求字的美观与书写时的手感，这一点尤为重要。

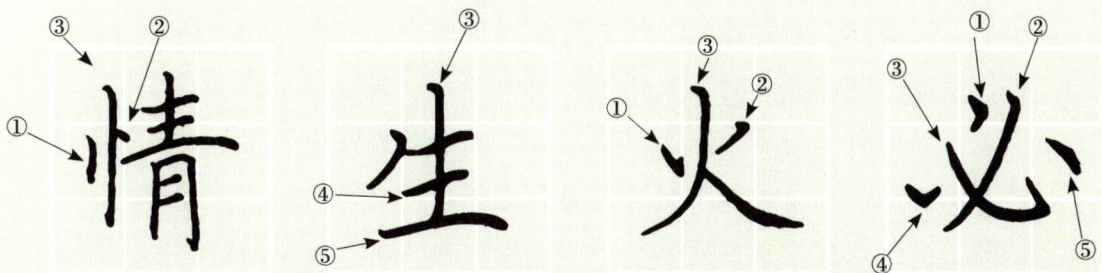

成 感 皮 浅

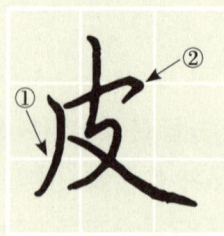

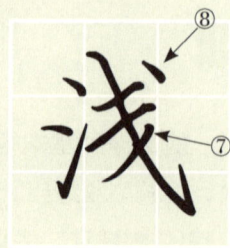

*以上笔顺为书写顺序，非笔画顺序。

常见错误或特殊笔顺

另外也有一些值得一提的笔顺，为了能够更顺手，且容易写出想要的美丽造型，下面提出一些建议。例如子、方、臣、右、有、左、长。

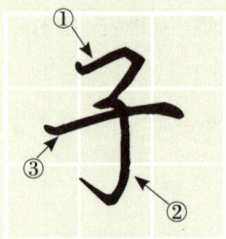

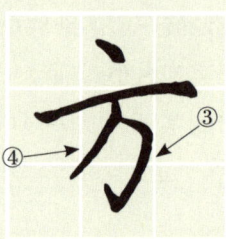

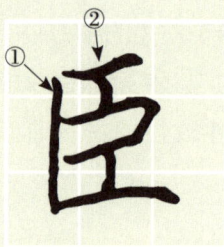

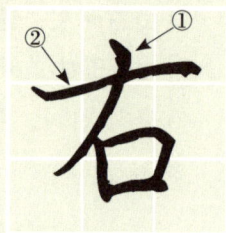

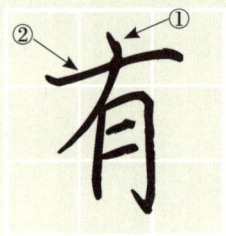

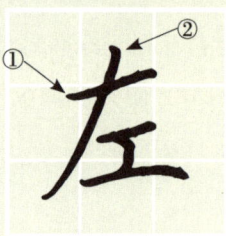

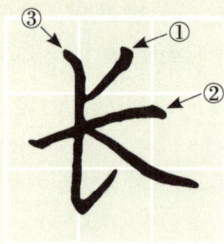

子 方 臣 右

有 左 长

*以上笔顺为书写顺序，非笔画顺序。

君子之交淡如水
小人之交甘若醴

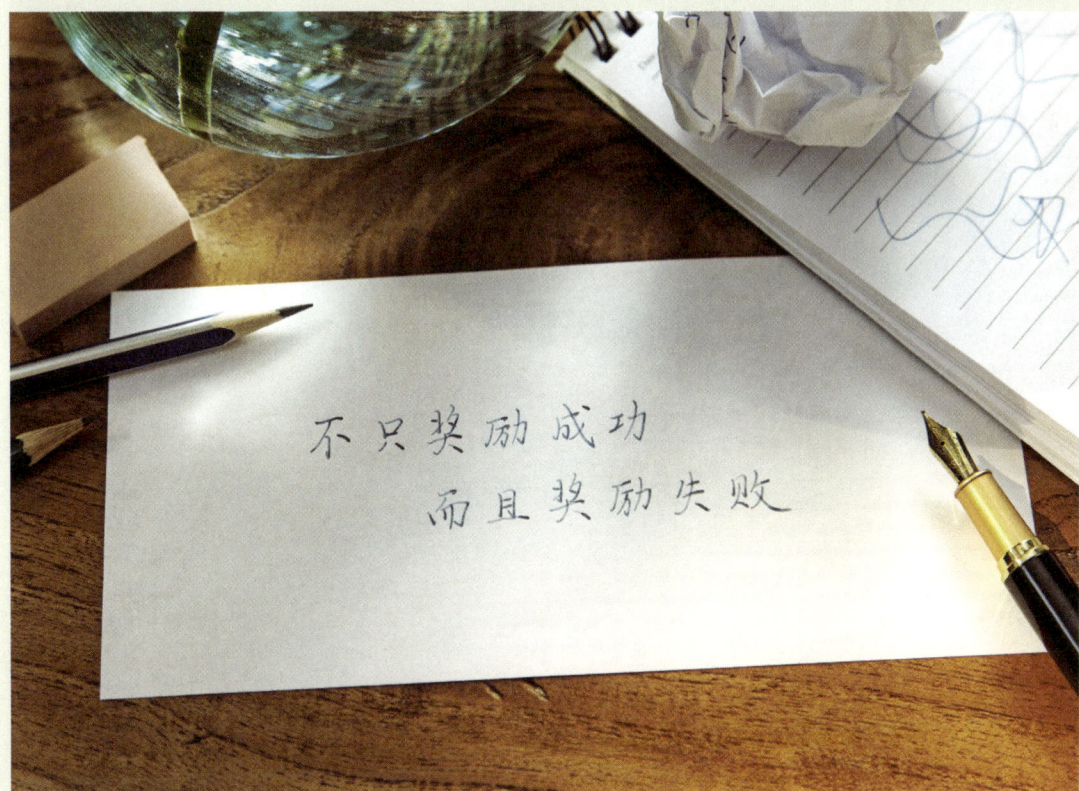

不只奖励成功
而且奖励失败

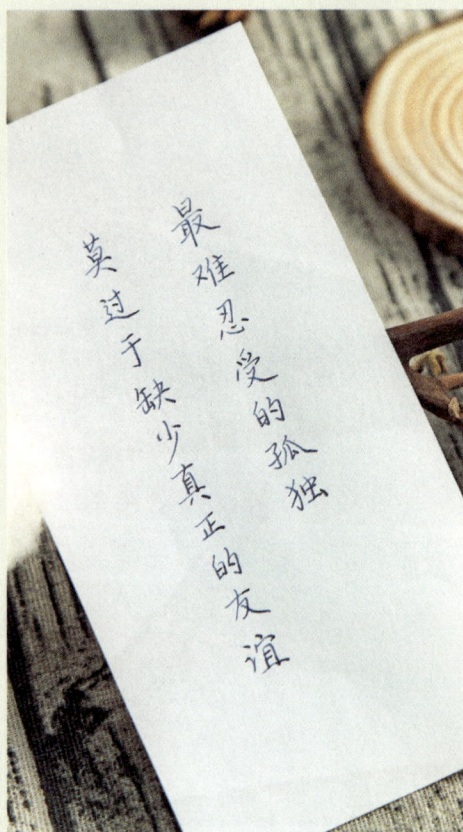

最难忍受的孤独
莫过于缺少真正的友谊

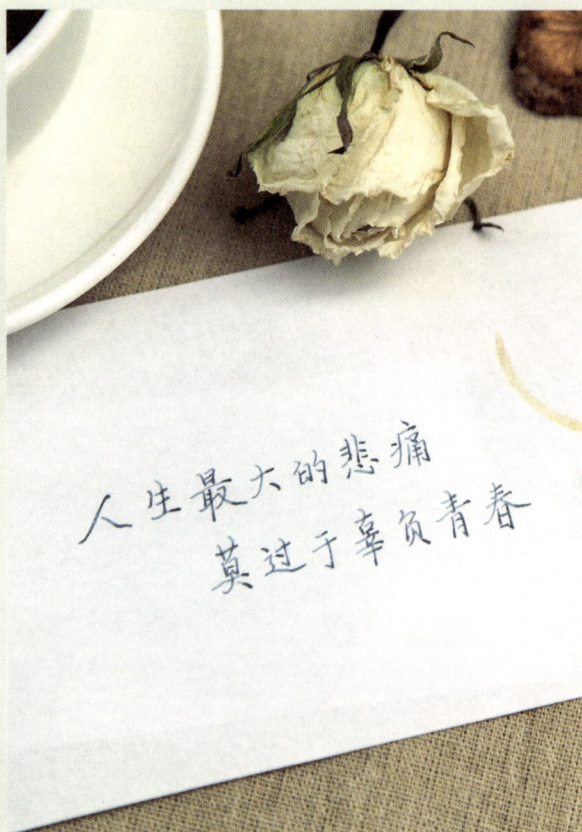

人生最大的悲痛
莫过于辜负青春

生活的理想
就是为了理想的生活

三

练字静心·名言帖

　　读过第一章的工具介绍以及第二章的基础心法介绍后，相信各位读者已经摩拳擦掌，准备大展身手。但在这里必须先浇一桶冷水，请各位冷静。所谓，巧妇难为无米之炊，再好的写字功夫，如果没有佳文做伴，仍是寂寞。中文的美，除了建立在优美的外形之上，更需要有能让读者产生共鸣的内容。所以，我们汇集了古今中外的名言佳句，并在本书设计的练习稿纸上书写范本，供读者练习时参考。

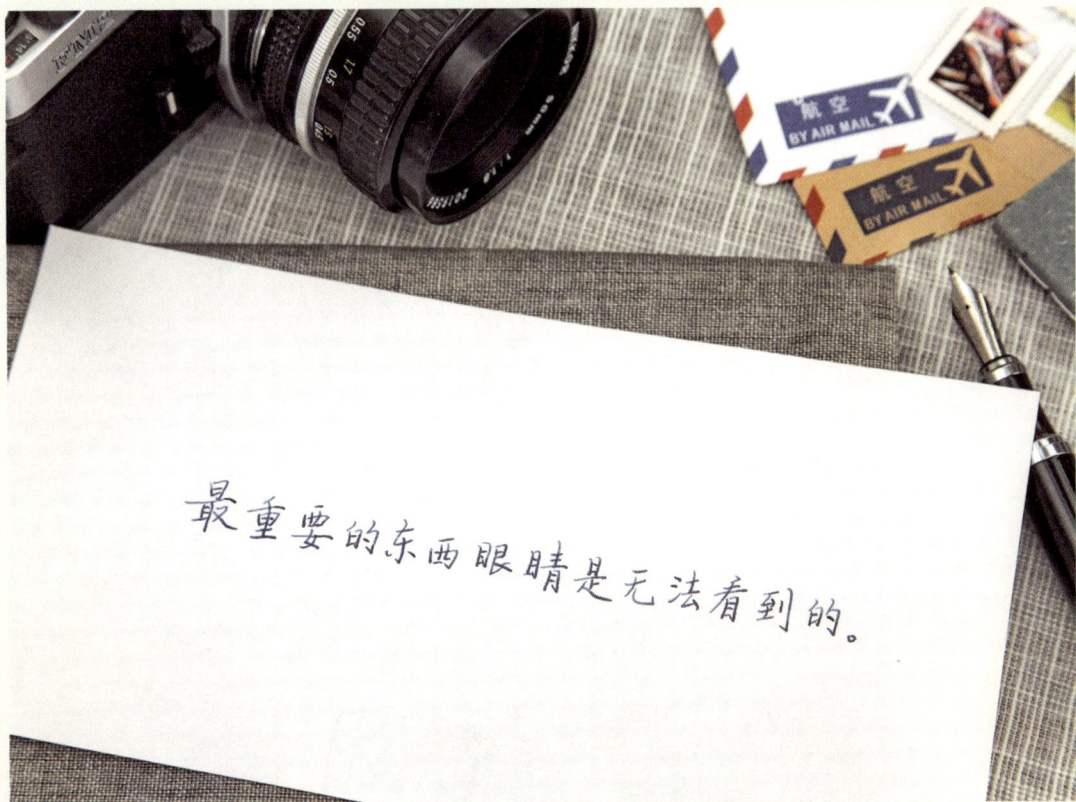

最重要的东西眼睛是无法看到的。

天行健，君子以自强不息；
地势坤，君子以厚德载物。◎《周易》

天行健

天行健

君子以自强不息

君子以自强不息

地势坤

地势坤

君子以厚德载物

君子以厚德载物

◆ 《周易》即《易经》，《三易》之一，是传统经典之一，相传系周文王
姬昌所作，内容包括《经》和《传》两个部分。《周易》是中国传统思
想文化中自然哲学与人文实践的理论根源，是古代汉民族思想、智慧的
结晶，被誉为"大道之源"。

宠辱不惊，看庭前花开花落；
去留无意，望天上云卷云舒。◎陈继儒《小窗幽记》

宠辱不惊

宠辱不惊

看庭前花开花落

看庭前花开花落

去留无意

去留无意

望天上云卷云舒

望天上云卷云舒

真正的对手会给你大量的勇气。◎弗兰兹·卡夫卡
一花凋零荒芜不了整个春天。◎奥诺雷·德·巴尔扎克

真正的对手会给你

真正的对手会给你

大量的勇气

大量的勇气

一花凋零

一花凋零

荒芜不了整个春天

荒芜不了整个春天

◆ 奥诺雷·德·巴尔扎克，法国小说家，被称为"现代法国小说之父"。一生创作甚丰，写出了91部小说，塑造了2472个栩栩如生的人物形象，组成了《人间喜剧》。《人间喜剧》被誉为"资本主义社会的百科全书"。

穷则独善其身，达则兼济天下。◎《孟子·尽心上·忘势》
临渊羡鱼，不如退而结网。◎班固《汉书·董仲舒传》

穷 则 独 善 其 身

穷 则 独 善 其 身

达 则 兼 济 天 下

达 则 兼 济 天 下

临 渊 羡 鱼

临 渊 羡 鱼

不 如 退 而 结 网

不 如 退 而 结 网

◆ 《汉书》，又称《前汉书》，由中国东汉时期的历史学家班固编撰，前
后历时二十余年，是中国第一部纪传体断代史，"二十四史"之一。
《汉书》是继《史记》之后我国古代又一部重要史书，与《史记》《后
汉书》《三国志》并称为"前四史"。

路曼曼其修远兮，吾将上下而求索。◎屈原《离骚》
苟利国家生死以，岂因祸福避趋之。◎林则徐《赴戍登程口占示家人》

路 曼 曼 其 修 远 兮
路 曼 曼 其 修 远 兮

吾 将 上 下 而 求 索
吾 将 上 下 而 求 索

苟 利 国 家 生 死 以
苟 利 国 家 生 死 以

岂 因 祸 福 避 趋 之
岂 因 祸 福 避 趋 之

◆ 林则徐《赴戍登程口占示家人》

力微任重久神疲，再竭衰庸定不支。

苟利国家生死以，岂因祸福避趋之？

谪居正是君恩厚，养拙刚于戍卒宜。

戏与山妻谈故事，试吟断送老头皮。

如果冬天来了，春天还会远吗？◎珀西·比希·雪莱《西风颂》
走自己的路，让别人说去吧！◎但丁

如果冬天来了

春天还会远吗

走自己的路

让别人说去吧

◆ 但丁，现代意大利语的奠基者，也是欧洲文艺复兴时代的开拓人物，欧洲最伟大的诗人，他的史诗《神曲》留名后世。但丁、彼特拉克、薄伽丘是文艺复兴的先驱，被称为"文艺复兴三巨星"，也被称为"文坛三杰"。

天生我材必有用，千金散尽还复来。◎李白《将进酒》
长风破浪会有时，直挂云帆济沧海。◎李白《行路难》

天 生 我 材 必 有 用

天 生 我 材 必 有 用

千 金 散 尽 还 复 来

千 金 散 尽 还 复 来

长 风 破 浪 会 有 时

长 风 破 浪 会 有 时

直 挂 云 帆 济 沧 海

直 挂 云 帆 济 沧 海

◆ 李白《行路难》
　　金樽清酒斗十千，玉盘珍羞直万钱。
　　停杯投箸不能食，拔剑四顾心茫然。
　　欲渡黄河冰塞川，将登太行雪满山。
　　闲来垂钓碧溪上，忽复乘舟梦日边。
　　行路难！行路难！多歧路，今安在？
　　长风破浪会有时，直挂云帆济沧海。

宝剑锋从磨砺出，梅花香自苦寒来。◎《警世贤文·勤奋篇》
三军可夺帅也，匹夫不可夺志也。◎《论语·子罕》

宝剑锋从磨砺出

梅花香自苦寒来

三军可夺帅也

匹夫不可夺志也

◆ 孔子，子姓，孔氏，名丘，字仲尼，鲁国人，中国著名的大思想家、大
教育家。孔子开创了私人讲学的风气，是儒家学派的创始人。孔子去世
后，其弟子及再传弟子把孔子及其弟子的言行语录和思想记录下来，整
理编成儒家经典《论语》。

归去，也无风雨也无晴。◎苏轼《定风波》

归 去

也 无 风 雨 也 无 晴

生活就像海洋，只有意志坚强的人，才能到达彼岸。◎卡尔·马克思

生活就像海洋

只有意志坚强的人

才能到达彼岸

◆ 卡尔·马克思，马克思主义的创始人之一，第一国际的组织者和领导者，被称为全世界无产阶级和劳动人民的伟大导师。马克思是德国伟大的思想家、政治家、哲学家、经济学家、革命家和社会学家，无产阶级的精神领袖，国际共产主义运动的先驱。主要著作有《资本论》《共产党宣言》等。

不要被挫折感吞噬

你就一定会成功

山高自有客行路

水深自有渡船人

◆ 亚伯拉罕·林肯，美国政治家、思想家，黑
人奴隶制的废除者。第16任美国总统，其任
总统期间，美国爆发内战，史称南北战争，
林肯坚决反对国家分裂。他废除了叛乱各州
的奴隶制度，颁布了《解放黑人奴隶宣言》，
维护了美利坚联邦及其领土上不分人种、人
人生而平等的权利。

人生中最困难者

人生中最困难者

莫过于选择

莫过于选择

剽悍的人生

剽悍的人生

不需要解释

不需要解释

◆ 托马斯·莫尔，欧洲早期空想社会主义学说的创始人，才华横溢的人文
主义学者和阅历丰富的政治家，以其名著《乌托邦》而名垂史册。

人生，幸福不是目的，美德才是准绳。
在人生道路上谦让三分，就能天宽地阔。◎安德鲁·卡内基

人生幸福不是目的

美德才是准绳

在人生道路上谦让

三分就能天宽地阔

◆ 安德鲁·卡内基，美国"钢铁大王"，在美国工业史上写下难以磨灭的
一页。他征服钢铁世界，成为美国最大钢铁制造商，曾跃居世界首富。

悟
哲思

操千曲而后晓声，观千剑而后识器。◎刘勰《文心雕龙》
世事洞明皆学问，人情练达即文章。◎曹雪芹《红楼梦》

操千曲而后晓声

观千剑而后识器

世事洞明皆学问

人情练达即文章

◆ 《文心雕龙》是中国南朝文学理论家刘勰创作的一部理论系统、结构严密、论述细致的文学理论专著。它是中国文学理论批评史上第一部有严密体系的"体大而虑周"的文学理论专著。

◆ 《红楼梦》，原名《石头记》，中国古典长篇章回小说，是中国四大名著之首。

人不能两次踏入同一条河流。◎赫拉克利特
不带剑的契约不过是一纸空文。◎托马斯·霍布斯

人不能两次踏入

人不能两次踏入

同一条河流

同一条河流

不带剑的契约不过

不带剑的契约不过

是一纸空文

是一纸空文

◆ 赫拉克利特是一位富有传奇色彩的哲学家，是爱菲斯学派的代表人物，朴素辩证法思想的代表，"逻各斯"思想影响深远，第一个提出认识论的哲学家，尝试宗教哲学化的先驱。

◆ 托马斯·霍布斯，英国政治家、哲学家。他创立了机械唯物主义的完整体系，指出宇宙是所有机械地运动着的广延物体的总和。

画龙画虎难画骨，知人知面不知心。
生如夏花之绚烂，死如秋叶之静美。◎拉宾德拉纳特·泰戈尔

画龙画虎难画骨

知人知面不知心

生如夏花之绚烂

死如秋叶之静美

◆ 拉宾德拉纳特·泰戈尔，印度诗人、哲学家和反现代民族主义者，1913 年，
他以《吉檀迦利》成为第一位获得诺贝尔文学奖的亚洲人。他的诗在印度
享有史诗的地位。他被许多印度教徒看作圣人。

好学近乎知，力行近乎仁，知耻近乎勇。◎《中庸》

好学近乎知

好学近乎知

力行近乎仁

力行近乎仁

知耻近乎勇

知耻近乎勇

◆ 《中庸》是一篇论述儒家人性修养的散文，原是《礼记》第三十一篇，相传为子思所作，是一部中国古代讨论教育理论的重要论著。经北宋程颢、程颐极力尊崇，南宋朱熹作《中庸集注》，最终和《大学》《论语》《孟子》并称为"四书"，对古代教育产生了极大的影响。

楚虽三户能亡秦，岂有堂堂中国空无人？◎陆游《金错刀行》

楚虽三户能亡秦

楚虽三户能亡秦

岂有堂堂中国

岂有堂堂中国

空无人

空无人

◆ 陆游《金错刀行》

黄金错刀白玉装，夜穿窗扉出光芒。丈夫五十功未立，提刀独立顾八荒。
京华结交尽奇士，意气相期共生死。千年史策耻无名，一片丹心报天子。
尔来从军天汉滨，南山晓雪玉嶙峋。呜呼！楚虽三户能亡秦，岂有堂堂中国空无人？

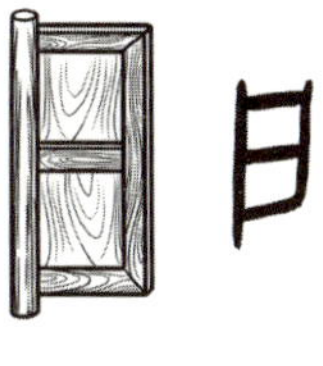

只有用心才能看到本质，
最重要的东西眼睛是无法看到的。◎安托万·德·圣·埃克苏佩里《小王子》

只 有 用 心 才 能 看 到

只 有 用 心 才 能 看 到

本 质

本 质

最 重 要 的 东 西

最 重 要 的 东 西

眼 睛 是 无 法 看 到 的

眼 睛 是 无 法 看 到 的

◆ 安托万·德·圣·埃克苏佩里，法国作家、
飞行员，获"法兰西烈士"称号，在1944年
7月31日执行一次飞行任务时失踪。他以于
1943年出版的童话《小王子》而闻名于世。
作为法语书籍中拥有最多读者和译本的作品，
《小王子》曾当选20世纪法国最佳图书，是
世界最畅销的图书之一。

天 才 寻 找 障 碍

障 碍 创 造 天 才

忘 掉 今 天 的 人

将 被 明 天 忘 掉

◆ 约翰·沃尔夫冈·冯·歌德，戏剧家、诗人、自然科学家、文艺理论家和政治人物，为魏玛的古典主义最著名的代表。而作为戏剧、诗歌和散文作品的创作者，他是一位伟大的德国作家，也是世界文学领域最出类拔萃的光辉人物之一。代表作品有《少年维特的烦恼》《浮士德》等。

悲观的人虽生犹死，乐观的人永生不老。◎乔治·戈登·拜伦
信仰是伟大的情感，一种创造力量。◎玛克西姆·高尔基

悲观的人虽生犹死

悲观的人虽生犹死

乐观的人永生不老

乐观的人永生不老

信仰是伟大的情感

信仰是伟大的情感

一种创造力量

一种创造力量

◆ 乔治·戈登·拜伦，英国19世纪初期伟大的浪漫主义诗人、革命家，独领风骚的浪漫主义文学泰斗。世袭男爵，人称"拜伦勋爵"。代表作品有《恰尔德·哈洛尔德游记》《唐璜》等，他在诗歌里塑造了一批"拜伦式英雄"。

◆ 玛克西姆·高尔基，原名阿列克赛·马克西姆维奇·别什可夫，社会主义现实主义文学奠基人，无产阶级艺术最伟大的代表者，无产阶级革命文学导师，苏联文学的创始人之一，政治活动家，诗人。

凡 是 活 着 的 就 应 当

凡 是 活 着 的 就 应 当

活 下 去

活 下 去

痛 苦 就 是

痛 苦 就 是

被 迫 离 开 原 地

被 迫 离 开 原 地

◆ 伊曼努尔·康德，启蒙运动时期最后一位主要哲学家，德国古典哲学创始人，其学说深深影响近代西方哲学，并开启了德国唯心主义和康德义务主义等诸多流派。他调和了勒内·笛卡尔的理性主义与弗朗西斯·培根的经验主义，被认为是继苏格拉底、柏拉图和亚里士多德后西方最具影响力的思想家之一。

希望是厄运的忠实的姐妹。◎亚历山大·谢尔盖耶维奇·普希金
别人为食而生存，我为生存而食。◎苏格拉底

希望是厄运的

希望是厄运的

忠实的姐妹

忠实的姐妹

别人为食而生存

别人为食而生存

我为生存而食

我为生存而食

◆ 亚历山大·谢尔盖耶维奇·普希金，俄国著名的文学家，被许多人认为是俄国最伟大的诗人、现代俄国文学的奠基人。19世纪俄国浪漫主义文学主要代表，被誉为"俄国文学之父"。他的作品是俄国民族意识高涨以及贵族革命运动在文学上的体现。

◆ 苏格拉底，古希腊著名的思想家、哲学家、教育家、公民陪审员，被后人广泛地认为是西方哲学的奠基者。

菩提本无树

菩提本无树

明镜亦非台

明镜亦非台

本来无一物

本来无一物

何处惹尘埃

何处惹尘埃

一件事实是一条没有性别的真理。◎纪·哈·纪伯伦
谬误越大，真理取得的胜利就越大。◎弗里德里希·席勒

一件事实是一条

没有性别的真理

谬误越大真理取得

的胜利就越大

◆ 纪·哈·纪伯伦，美籍黎巴嫩阿拉伯作家。被称为"艺术天才""黎巴
嫩文坛骄子"，是阿拉伯文学的主要奠基人，20世纪阿拉伯新文学道路
的开拓者之一。其主要作品有《泪与笑》《先知》《沙与沫》等。

花开堪折直须折，莫待无花空折枝。◎《金缕衣》
莫等闲，白了少年头，空悲切！◎岳飞《满江红·怒发冲冠》

花开堪折直须折

莫待无花空折枝

莫等闲白了少年头

空悲切

◆ 岳飞《满江红·怒发冲冠》

怒发冲冠，凭阑处、潇潇雨歇。抬望眼，仰天长啸，壮怀激烈。三十功名尘与土，八千里路云和月。莫等闲，白了少年头，空悲切！靖康耻，犹未雪。臣子恨，何时灭！驾长车，踏破贺兰山缺。壮志饥餐胡虏肉，笑谈渴饮匈奴血。待从头，收拾旧山河，朝天阙。

明日复明日，明日何其多，
我生待明日，万事成蹉跎。◎文嘉《明日歌》

明 日 复 明 日

明 日 复 明 日

明 日 何 其 多

明 日 何 其 多

我 生 待 明 日

我 生 待 明 日

万 事 成 蹉 跎

万 事 成 蹉 跎

不浪费时间的人，没工夫抱怨时间不够。◎托马斯·杰斐逊
把活着的每一天看作生命的最后一天。◎海伦·凯勒

不浪费时间的人没

不浪费时间的人没

工夫抱怨时间不够

工夫抱怨时间不够

把活着的每一天看

把活着的每一天看

作生命的最后一天

作生命的最后一天

◆ 海伦·凯勒，美国著名的女作家、教育家、慈善家、社会活动家。88年
生活在无光、无声的时间里，她先后完成了14部著作，如《假如给我
三天光明》等。曾入选美国《时代》周刊评选的"二十世纪美国十大英
雄偶像"。

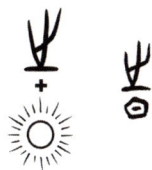

人生最大的悲痛莫过于辜负青春。◎乔万尼·薄伽丘
浪费时间是所有支出中最奢侈昂贵的。◎本杰明·富兰克林

人 生 最 大 的 悲 痛
人 生 最 大 的 悲 痛

莫 过 于 辜 负 青 春
莫 过 于 辜 负 青 春

浪 费 时 间 是 所 有 支
浪 费 时 间 是 所 有 支

出 中 最 奢 侈 昂 贵 的
出 中 最 奢 侈 昂 贵 的

◆ 本杰明·富兰克林，美国著名政治家、科学家，同时亦是出版商、印刷
商、记者、作家、慈善家，更是杰出的外交家及发明家。他是美国独立
战争时重要的领导人之一，参与了多项重要文件的草拟，并曾出任美国
驻法国大使，成功取得法国支持美国独立，同时被视为美国国父之一。

青年时种下什么，老年时就收获什么。◎亨利克·易卜生
在事情未成功之前，一切总看似不可能。◎纳尔逊·罗利赫拉赫拉·曼德拉

青年时种下什么

青年时种下什么

老年时就收获什么

老年时就收获什么

在事情未成功之前

在事情未成功之前

一切总看似不可能

一切总看似不可能

◆ 亨利克·易卜生，挪威戏剧家，现代散文剧的创始人，欧洲近代现实主义戏剧的杰出代表。其作品强调个人在生活中的快乐，无视传统社会的陈腐礼仪。

◆ 纳尔逊·罗利赫拉赫拉·曼德拉，南非著名的反种族隔离革命家、政治家和慈善家，人们也视他为南非的国父。1993年至1997年任南非总统，是第一个由全面代议制民主选举选出的南非元首。

先相信你自己，然后别人才会相信你。◎伊凡·谢尔盖耶维奇·屠格涅夫
人的脆弱和坚强，都超乎自己的想象。◎居伊·德·莫泊桑

先 相 信 你 自 己 然 后

别 人 才 会 相 信 你

人 的 脆 弱 和 坚 强

都 超 乎 自 己 的 想 象

◆ 伊凡·谢尔盖耶维奇·屠格涅夫，俄国批判现实主义小说家、诗人和剧
作家。

◆ 居伊·德·莫泊桑，19世纪后半叶法国批判现实主义作家，与俄国契诃
夫和美国欧·亨利并称为"世界三大短篇小说巨匠"，被誉为"短篇小
说之王"，作品有《羊脂球》等。

黑发不知勤学早，白首方悔读书迟。◎颜真卿《劝学》

黑 发 不 知 勤 学 早

黑 发 不 知 勤 学 早

白 首 方 悔 读 书 迟

白 首 方 悔 读 书 迟

◆ 颜真卿，唐朝政治家、书法家，字清臣。颜真卿书法精妙，擅长行、楷，
创"颜体"楷书，与赵孟頫、柳公权、欧阳询并称为"楷书四大家"。又与
柳公权并称"颜柳"，被誉为"颜筋柳骨"。

任何事物都无法抗拒吞食一切的时间。◎拉宾德拉纳特·泰戈尔
最聪明的人是最不愿浪费时间的人。◎但丁·阿利基耶里

任何事物都无法抗

任何事物都无法抗

拒吞食一切的时间

拒吞食一切的时间

最聪明的人是最不

最聪明的人是最不

愿浪费时间的人

愿浪费时间的人

思想是生命的奴隶，生命是时间的弄人。◎威廉·莎士比亚
要成就一项事业，必须花毕生的时间。◎安东尼·列文虎克

思 想 是 生 命 的 奴 隶

思 想 是 生 命 的 奴 隶

生 命 是 时 间 的 弄 人

生 命 是 时 间 的 弄 人

要 成 就 一 项 事 业

要 成 就 一 项 事 业

必 须 花 毕 生 的 时 间

必 须 花 毕 生 的 时 间

◆ 安东尼·列文虎克，荷兰显微镜学家、微生物学的开拓者，生卒均于
代尔夫特。由于勤奋及本人特有的天赋，他磨制的透镜远远超过同时
代人，其放大率达 270 倍。是他首次发现微生物，最早记录肌纤维、
微血管中血流。

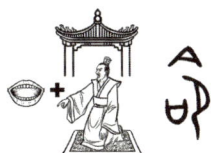

时间像奔腾澎湃的急湍，
它一去无还，毫不留恋。◎米格尔·德·塞万提斯·萨维德拉

时 间 像 奔 腾 澎 湃 的

时 间 像 奔 腾 澎 湃 的

急 湍

急 湍

它 一 去 无 还

它 一 去 无 还

毫 不 留 恋

毫 不 留 恋

◆ 米格尔·德·塞万提斯·萨维德拉，文艺复兴时期西班牙小说家、剧作
家、诗人。他被誉为西班牙文学世界里最伟大的作家。评论家们称他的
小说《堂吉诃德》是文学史上的第一部现代小说，同时也是世界文学的
瑰宝之一。

桃之夭夭，灼灼其华。之子于归，宜其室家。◎《诗经·国风·桃夭》

桃 之 夭 夭

桃 之 夭 夭

灼 灼 其 华

灼 灼 其 华

之 子 于 归

之 子 于 归

宜 其 室 家

宜 其 室 家

◆ 诗经·国风·桃夭

桃之夭夭，灼灼其华。之子于归，宜其室家。

桃之夭夭，有蕡其实。之子于归，宜其家室。

桃之夭夭，其叶蓁蓁。之子于归，宜其家人。

春江潮水连海平，海上明月共潮生。◎张若虚《春江花月夜》
云想衣裳花想容，春风拂槛露华浓。◎李白《清平调》

春江潮水连海平

海上明月共潮生

云想衣裳花想容

春风拂槛露华浓

◆ 张若虚，初唐诗人，以《春江花月夜》闻名，与贺知章、张旭、包融并
称为"吴中四士"。

◆ 李白《清平调·其一》
云想衣裳花想容，春风拂槛露华浓。
若非群玉山头见，会向瑶台月下逢。

白 日 放 歌 须 纵 酒

青 春 作 伴 好 还 乡

沾 衣 欲 湿 杏 花 雨

吹 面 不 寒 杨 柳 风

◆ 释志南《绝句》
　　古木阴中系短篷，杖藜扶我过桥东。
　　沾衣欲湿杏花雨，吹面不寒杨柳风。

春风得意马蹄疾，一日看尽长安花。◎孟郊《登科后》
等闲识得东风面，万紫千红总是春。◎朱熹《春日》

春风得意马蹄疾

一日看尽长安花

等闲识得东风面

万紫千红总是春

◆ 孟郊《登科后》
　昔日龌龊不足夸，今朝放荡思无涯。
　春风得意马蹄疾，一日看尽长安花。

◆ 朱熹《春日》
　胜日寻芳泗水滨，无边光景一时新。
　等闲识得东风面，万紫千红总是春。

品
诗词

甜言蜜语三冬暖，恶语伤人六月寒。◎王实甫《西厢记》
有缘千里来相会，无缘对面不相逢。◎施耐庵《水浒传》

甜言蜜语三冬暖

甜言蜜语三冬暖

恶语伤人六月寒

恶语伤人六月寒

有缘千里来相会

有缘千里来相会

无缘对面不相逢

无缘对面不相逢

◆ 王实甫，名德信，字实甫，以字行。大都（今北京）人。元代杂剧（元曲）作家，中国著名剧作《西厢记》的作者。

◆ 施耐庵，名耳，字伯阳，又名子安，又字肇瑞，谱名彦端，斋号耐庵。一般被认为是元末明初小说家，作品《水浒传》是以白话文写成的章回小说，被列为中国古典四大文学名著之一，六才子书之一。

抽刀断水水更流，举杯消愁愁更愁。◎李白《宣州谢朓楼饯别校书叔云》

抽 刀 断 水 水 更 流

抽 刀 断 水 水 更 流

举 杯 消 愁 愁 更 愁

举 杯 消 愁 愁 更 愁

◆ 李白《宣州谢朓楼饯别校书叔云》
  弃我去者，昨日之日不可留；乱我心者，今日之日多烦忧。
  长风万里送秋雁，对此可以酣高楼。蓬莱文章建安骨，中间小谢又清发。
  俱怀逸兴壮思飞，欲上青天揽明月。抽刀断水水更流，举杯消愁愁更愁。
  人生在世不称意，明朝散发弄扁舟。

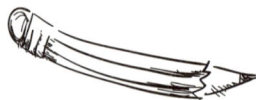

品
诗词

夜月一帘幽梦，春风十里柔情。◎秦观《八六子》
人生若只如初见，何事秋风悲画扇。◎纳兰性德《木兰花·拟古决绝词柬友》

夜 月 一 帘 幽 梦

夜 月 一 帘 幽 梦

春 风 十 里 柔 情

春 风 十 里 柔 情

人 生 若 只 如 初 见

人 生 若 只 如 初 见

何 事 秋 风 悲 画 扇

何 事 秋 风 悲 画 扇

◆ 纳兰性德《木兰花·拟古决绝词柬友》
人生若只如初见，何事秋风悲画扇。等闲变却故人心，却道故人心易变。
骊山语罢清宵半，泪雨零铃终不怨。何如薄幸锦衣郎，比翼连枝当日愿。

用我三生烟火，换你一世迷离。
晴川历历汉阳树，芳草萋萋鹦鹉洲。◎崔颢《黄鹤楼》

用 我 三 生 烟 火

换 你 一 世 迷 离

晴 川 历 历 汉 阳 树

芳 草 萋 萋 鹦 鹉 洲

◆ 崔颢《黄鹤楼》
　　昔人已乘黄鹤去，此地空余黄鹤楼。
　　黄鹤一去不复返，白云千载空悠悠。
　　晴川历历汉阳树，芳草萋萋鹦鹉洲。
　　日暮乡关何处是？烟波江上使人愁。

郎骑竹马来，绕床弄青梅。◎李白《长干行》
君子之交淡如水，小人之交甘若醴。◎《庄子·山木》

郎 骑 竹 马 来

绕 床 弄 青 梅

君 子 之 交 淡 如 水

小 人 之 交 甘 若 醴

◆ 《庄子》又名《南华经》，是道家经文，为战国中期庄子及其后学所著。到了汉代以后，便尊之为《南华经》，且封庄子为南华真人。其书与《老子》《周易》合称"三玄"。

竹

仓廪实而知礼节，衣食足而知荣辱。◎管子《论积贮疏》
士为知己者死，女为悦己者容。◎《战国策·赵策》

仓 廪 实 而 知 礼 节

仓 廪 实 而 知 礼 节

衣 食 足 而 知 荣 辱

衣 食 足 而 知 荣 辱

士 为 知 己 者 死

士 为 知 己 者 死

女 为 悦 己 者 容

女 为 悦 己 者 容

◆ 管子，姬姓，管氏，名夷吾，字仲，谥敬，春秋时期法家代表人物，中国古代著名的经济学家、哲学家、政治家、军事家，被誉为"法家先驱""圣人之师"。

◆ 《战国策》是一部国别体史学著作，又称《国策》。记事年代起于战国初年，止于秦灭六国，约有240年的历史。主要记述了战国时期的游说之士的政治主张和言行策略，也可以说是游说之士的实战演习手册。

忠言逆耳利于行，良药苦口利于病。◎司马迁《史记·留侯世家》
志士不饮盗泉之水，廉者不受嗟来之食。◎范晔《后汉书》

忠言逆耳利于行

忠言逆耳利于行

良药苦口利于病

良药苦口利于病

志士不饮盗泉之水

志士不饮盗泉之水

廉者不受嗟来之食

廉者不受嗟来之食

◆ 司马迁，字子长，中国西汉时期著名的史学家和文学家。他撰写的《史记》是中国历史上第一部纪传体通史，被列为"二十四史"之首，与后来的《汉书》《后汉书》《三国志》合称"前四史"。

◆ 《后汉书》是一部由我国南朝宋时期的历史学家范晔编撰的记载东汉历史的纪传体史书。与《史记》《汉书》《三国志》合称"前四史"。

度尽劫波兄弟在，相逢一笑泯恩仇。◎鲁迅《题三义塔》
忧劳可以兴国，逸豫可以亡身。◎欧阳修《伶官传序》

度尽劫波兄弟在

度尽劫波兄弟在

相逢一笑泯恩仇

相逢一笑泯恩仇

忧劳可以兴国

忧劳可以兴国

逸豫可以亡身

逸豫可以亡身

◆ 鲁迅《题三义塔》
奔霆飞熛歼人子，败井颓垣剩饿鸠。偶值大心离火宅，终遗高塔念瀛洲。
精禽梦觉仍衔石，斗士诚坚共抗流。度尽劫波兄弟在，相逢一笑泯恩仇。

◆ 欧阳修，字永叔，号醉翁、六一居士，北宋政治家、文学家。后人将其
与韩愈、柳宗元和苏轼合称为"千古文章四大家"。他与韩愈、柳宗元、
苏轼、苏洵、苏辙、王安石、曾巩被世人称为"唐宋散文八大家"。

落霞与孤鹜齐飞，秋水共长天一色。◎王勃《滕王阁序》
大鹏一日同风起，扶摇直上九万里。◎李白《上李邕》

落霞与孤鹜齐飞

落霞与孤鹜齐飞

秋水共长天一色

秋水共长天一色

大鹏一日同风起

大鹏一日同风起

扶摇直上九万里

扶摇直上九万里

◆ 李白《上李邕》
　　大鹏一日同风起，扶摇直上九万里。
　　假令风歇时下来，犹能簸却沧溟水。
　　世人见我恒殊调，闻余大言皆冷笑。
　　宣父犹能畏后生，丈夫未可轻年少。

知我者，谓我心忧；不知我者，谓我何求。◎《诗经·国风·黍离》

知	我	者								
知	我	者								
谓	我	心	忧							
谓	我	心	忧							
不	知	我	者							
不	知	我	者							
谓	我	何	求							
谓	我	何	求							

一日不见，如三秋兮。◎《诗经·国风·采葛》
在天愿作比翼鸟，在地愿为连理枝。◎白居易《长恨歌》

一 日 不 见

如 三 秋 兮

在 天 愿 作 比 翼 鸟

在 地 愿 为 连 理 枝

◆《诗经·国风·木瓜》
　投我以木瓜，报之以琼琚。匪报也，永以为好也！
　投我以木桃，报之以琼瑶。匪报也，永以为好也！
　投我以木李，报之以琼玖。匪报也，永以为好也！

诉真情

身无彩凤双飞翼，心有灵犀一点通。◎李商隐《无题》
相思本是无凭语，莫向花笺费泪行。◎晏几道《鹧鸪天》

身无彩凤双飞翼

心有灵犀一点通

相思本是无凭语

莫向花笺费泪行

◆ 李商隐《无题》
　　昨夜星辰昨夜风，画楼西畔桂堂东。
　　身无彩凤双飞翼，心有灵犀一点通。
　　隔座送钩春酒暖，分曹射覆蜡灯红。
　　嗟余听鼓应官去，走马兰台类转蓬。

愿得一人心，白首不相离。◎卓文君《白头吟》
两情若是久长时，又岂在朝朝暮暮。◎秦观《鹊桥仙》

愿 得 一 人 心

愿 得 一 人 心

白 首 不 相 离

白 首 不 相 离

两 情 若 是 久 长 时

两 情 若 是 久 长 时

又 岂 在 朝 朝 暮 暮

又 岂 在 朝 朝 暮 暮

◆ 卢照邻，字升之，自号幽忧子，与王勃、杨炯、骆宾王以文词齐名，世称"王杨卢骆"，号为"初唐四杰"。

◆ 秦观《鹊桥仙》

纤云弄巧，飞星传恨，银汉迢迢暗度。金风玉露一相逢，便胜却人间无数。
柔情似水，佳期如梦，忍顾鹊桥归路。两情若是久长时，又岂在朝朝暮暮。

蒹葭苍苍，白露为霜，所谓伊人，在水一方。◎《诗经·国风·蒹葭》
问世间情为何物，直教人生死相许。◎元好问《摸鱼儿》

蒹葭苍苍白露为霜

所谓伊人在水一方

问世间情为何物

直教人生死相许

◆ 《诗经·国风·蒹葭》
　蒹葭苍苍，白露为霜。所谓伊人，在水一方。
　溯洄从之，道阻且长。溯游从之，宛在水中央。
　蒹葭萋萋，白露未晞。所谓伊人，在水之湄。
　溯洄从之，道阻且跻。溯游从之，宛在水中坻。
　蒹葭采采，白露未已。所谓伊人，在水之涘。
　溯洄从之，道阻且右。溯游从之，宛在水中沚。

你是爱，是暖，是希望，
你是人间的四月天。◎林徽因《你是人间的四月天》

你是爱

你是爱

是暖

是暖

是希望

是希望

你是人间的四月天

你是人间的四月天

◆ 林徽因，原名林徽音，中国著名建筑师、诗人、作家。人民英雄纪念碑
和中华人民共和国国徽深化方案的设计者。她是建筑师梁思成的第一任
妻子。

我挥一挥衣袖，不带走一片云彩。◎徐志摩《再别康桥》

我挥一挥衣袖

我挥一挥衣袖

不带走一片云彩

不带走一片云彩

◆ 徐志摩，原名章垿，字槱森，小字又申，后改字志摩。中国著名新月派现代诗人，散文家。一生追求"爱""自由"与"美"，这为他带来了不少创作灵感。徐志摩倡导新格律诗，对中国新诗的发展做出了重要的贡献。代表作品有《再别康桥》《翡冷翠的一夜》。

前 世 五 百 次 的 回 眸

才 换 得 今 生 的

擦 肩 而 过

生命诚可贵，爱情价更高；
若为自由故，两者皆可抛！◎裴多菲·山陀尔

生命诚可贵

生命诚可贵

爱情价更高

爱情价更高

若为自由故

若为自由故

两者皆可抛

两者皆可抛

◆ 裴多菲·山陀尔，原译为彼得斐，是匈牙利的爱国诗人和英雄，匈牙利
  伟大的革命诗人，也是匈牙利民族文学的奠基人，革命民主主义者。

花 谢 花 飞 花 满 天

红 消 香 断 有 谁 怜

窈 窕 淑 女

君 子 好 逑

◆ 《诗经·国风·关雎》

关关雎鸠，在河之洲。窈窕淑女，君子好逑。
参差荇菜，左右流之。窈窕淑女，寤寐求之。
求之不得，寤寐思服。悠哉悠哉，辗转反侧。
参差荇菜，左右采之。窈窕淑女，琴瑟友之。
参差荇菜，左右芼之。窈窕淑女，钟鼓乐之。

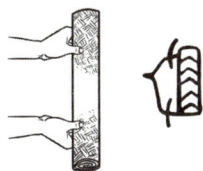

读书破万卷，下笔如有神。◎杜甫《奉赠韦左丞丈二十二韵》
求知是人类的本性。◎亚里士多德

读书破万卷

读书破万卷

下笔如有神

下笔如有神

求知是人类的本性

求知是人类的本性

◆ 杜甫，字子美，自号少陵野老。唐代伟大的现实主义诗人，与李白合称
"李杜"。杜甫在中国古典诗歌史上的影响非常深远，被后人称为"诗
圣"，他的诗被称为"诗史"。后世称其杜拾遗、杜工部，也称他杜少
陵、杜草堂。

好学习

昨夜西风凋碧树，独上高楼，望尽天涯路。◎晏殊《蝶恋花》

昨夜西风凋碧树

独上高楼

望尽天涯路

◆ 晏殊《蝶恋花》
槛菊愁烟兰泣露，罗幕轻寒，燕子双飞去。
明月不谙离恨苦，斜光到晓穿朱户。
昨夜西风凋碧树，独上高楼，望尽天涯路。
欲寄彩笺兼尺素，山长水阔知何处？

85

衣带渐宽终不悔，为伊消得人憔悴。◎柳永《蝶恋花》

衣带渐宽终不悔

衣带渐宽终不悔

为伊消得人憔悴

为伊消得人憔悴

◆ 柳永《蝶恋花》
伫倚危楼风细细，望极春愁，黯黯生天际。
草色烟光残照里，无言谁会凭阑意。
拟把疏狂图一醉，对酒当歌，强乐还无味。
衣带渐宽终不悔，为伊消得人憔悴。

众里寻他千百度，蓦然回首，
那人却在，灯火阑珊处。◎辛弃疾《青玉案·元夕》

众里寻他千百度
众里寻他千百度

蓦然回首
蓦然回首

那人却在
那人却在

灯火阑珊处
灯火阑珊处

◆ 辛弃疾《青玉案·元夕》
　　东风夜放花千树，更吹落，星如雨。
　　宝马雕车香满路。凤箫声动，玉壶光转，一夜鱼龙舞。
　　蛾儿雪柳黄金缕，笑语盈盈暗香去。
　　众里寻他千百度，蓦然回首，那人却在，灯火阑珊处。

只有顺从自然，才能驾驭自然。◎弗朗西斯·培根

物竞天择，适者生存。◎查尔斯·罗伯特·达尔文

只有顺从自然

只有顺从自然

才能驾驭自然

才能驾驭自然

物竞天择

物竞天择

适者生存

适者生存

◆ 弗朗西斯·培根，英国文艺复兴时期最重要的散文家、哲学家。英国唯物主义哲学家，实验科学的创始人，近代归纳法的创始人。培根被马克思誉为"英国唯物主义和整个近代实验科学的真正始祖"，"实验哲学之父"，"近代自然科学直接的或感性的缔造者"，也是现代精神的伟大先驱。

简洁是智慧的灵魂，冗长是肤浅的藻饰。◎威廉·莎士比亚
淡泊明志，宁静致远。

简 洁 是 智 慧 的 灵 魂

简 洁 是 智 慧 的 灵 魂

冗 长 是 肤 浅 的 藻 饰

冗 长 是 肤 浅 的 藻 饰

淡 泊 明 志

淡 泊 明 志

宁 静 致 远

宁 静 致 远

◆ 威廉·莎士比亚，英国文学史上最杰出的戏剧家，也是欧洲文艺复兴时
期最重要、最伟大的作家，全世界最卓越的文学家之一。

光阴给我们经验，读书给我们知识。◎尼古拉·阿列克谢耶维奇·奥斯特洛夫斯基
读书之于精神,恰如运动之于身体。◎托马斯·阿尔瓦·爱迪生

光阴给我们经验

光阴给我们经验

读书给我们知识

读书给我们知识

读书之于精神

读书之于精神

恰如运动之于身体

恰如运动之于身体

◆ 托马斯·阿尔瓦·爱迪生, 举世闻名的美国电学家和发明家, 被誉为
"世界发明大王"。他除了在留声机、电灯、电话、电报、电影等方面的
发明和贡献外, 在矿业、建筑业、化工等领域也有不少真知灼见。爱迪
生一生共有约两千项创造发明, 为人类的文明和进步做出了巨大贡献。

风声雨声读书声，声声入耳；
家事国事天下事，事事关心。◎顾宪成

风 声 雨 声 读 书 声

声 声 入 耳

家 事 国 事 天 下 事

事 事 关 心

◆ 顾宪成，字叔时，号泾阳，因创办东林书院而被尊称为"东林先生"。
明代思想家，东林党领袖。

智慧、勤劳和天才，高于显贵和富有。◎路德维希·凡·贝多芬
人类的智慧就是快乐的源泉。◎乔万尼·薄伽丘

智慧勤劳和天才

高于显贵和富有

人类的智慧就是

快乐的源泉

◆ 路德维希·凡·贝多芬，德国杰出的音乐家，维也纳古典乐派代表人物
之一，世界音乐史上最伟大的作曲家之一。他的作品对世界音乐的发展
有着非常深远的影响，因此被尊称为"乐圣"和"交响乐之王"。

得到智慧的唯一办法，就是用青春去买。◎杰克·伦敦
科学需要人的全部生命。◎伊凡·彼德罗维奇·巴甫洛夫

得 到 智 慧 的 唯 一 办

法 就 是 用 青 春 去 买

科 学 需 要 人 的

全 部 生 命

◆ 杰克·伦敦，原名约翰·格利菲斯·伦敦，美国现实主义作家。他一共
写过19部长篇小说，150多篇短篇小说和故事，3部剧本等。

◆ 伊凡·彼德罗维奇·巴甫洛夫，苏联生理学家、心理学家、医师、高级
神经活动学说的创始人，高级神经活动生理学的奠基人。条件反射理论
的建构者，也是第一个在生理学领域获诺贝尔奖的科学家。

梦是心灵的思想，是我们的秘密真情。◎杜鲁门·卡波特
梦想一旦被付诸行动，就会变得神圣。◎阿·安·普罗克特

梦 是 心 灵 的 思 想

梦 是 心 灵 的 思 想

是 我 们 的 秘 密 真 情

是 我 们 的 秘 密 真 情

梦 想 一 旦 被 付 诸 行

梦 想 一 旦 被 付 诸 行

动 就 会 变 得 神 圣

动 就 会 变 得 神 圣

◆ 杜鲁门·卡波特，本名杜鲁门·史崔克福斯·珀
森斯，是一位美国作家，著有多部经典文学作品，
包括中篇小说《蒂凡尼的早餐》(1958) 与《冷
血》(1965)。

谈
理想

如果失去梦想，人类将会怎样？
生活的理想，就是为了理想的生活。

如果失去梦想

如果失去梦想

人类将会怎样

人类将会怎样

生活的理想就是

生活的理想就是

为了理想的生活

为了理想的生活

没有理想，就没有坚定的方向；
而没有方向，就没有生活。◎列夫·尼古拉耶维奇·托尔斯泰

没 有 理 想

没 有 理 想

就 没 有 坚 定 的 方 向

就 没 有 坚 定 的 方 向

而 没 有 方 向

而 没 有 方 向

就 没 有 生 活

就 没 有 生 活

◆ 列夫·尼古拉耶维奇·托尔斯泰，俄国小说家、哲学家、政治思想家，
也是非暴力的基督教无政府主义者和教育改革家。托尔斯泰著有《战争
与和平》《安娜·卡列尼娜》和《复活》等几部被视为经典的长篇小说，
被认为是世界最伟大的作家之一。高尔基曾言："不认识托尔斯泰者，不
可能认识俄罗斯。"

人生能走多远

人生能走多远

看与谁同行

看与谁同行

有多大成就

有多大成就

看有谁指点

看有谁指点

过去属于死神，未来属于你自己。◎珀西·比希·雪莱
先相信你自己，然后别人才会相信你。◎伊凡·谢尔盖耶维奇·屠格涅夫

过 去 属 于 死 神

过 去 属 于 死 神

未 来 属 于 你 自 己

未 来 属 于 你 自 己

先 相 信 你 自 己 然 后

先 相 信 你 自 己 然 后

别 人 才 会 相 信 你

别 人 才 会 相 信 你

◆ 珀西·比希·雪莱，英国著名作家、浪漫主义诗人，被认为是历史上最
　出色的英语诗人之一。柏拉图主义者和理想主义者，受空想社会主义思
　想影响颇深。恩格斯称他是"天才预言家"。
◆ 伊凡·谢尔盖耶维奇·屠格涅夫，俄国批判现实
　主义小说家、诗人和剧作家，俄罗斯语言的巨匠。

人生有两出悲剧：一是万念俱灰，另一是踌躇满志。◎萧伯纳

人生有两出悲剧

一是万念俱灰

另一是踌躇满志

◆ 萧伯纳，爱尔兰剧作家。1925 年因作品具有理想主义和人道主义情怀而获诺贝尔文学奖。他是英国现代杰出的现实主义戏剧作家，是世界著名的擅长幽默与讽刺的语言大师，同时他还是积极的社会活动家和费边社会主义的宣传者。

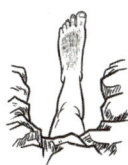

暂时的是现实

暂时的是现实

永生的是理想

永生的是理想

人类的心灵需要

人类的心灵需要

理想甚于需要物质

理想甚于需要物质

◆ 维克多·雨果，法国作家，19世纪前期积极浪漫主义文学的代表作家，人道主义的代表人物，法国文学史上卓越的资产阶级民主作家，被人们称为"法兰西的莎士比亚"。一生写过多部诗歌、小说、剧本，各种散文、文艺评论及政论文章，在法国及世界有着广泛的影响。

不要放弃你的幻想。当幻想没有的时候，
你还可以生存，但是你虽生犹死。◎马克·吐温

不要放弃你的幻想

当幻想没有的时候

你还可以生存

但是你虽生犹死

◆ 马克·吐温，美国幽默大师、小说家、作家，亦是著名演说家。其幽
默、机智与名气，堪称美国最知名人士之一。海伦·凯勒曾言："我喜
欢马克·吐温——谁会不喜欢他呢？即使是上帝，亦会钟爱他，赋予其
智慧，并于其心灵里绘画出一道爱与信仰的彩虹。"威廉·福克纳称马
克·吐温为"第一位真正的美国作家，我们都是继承他而来"。

富贵不能淫，贫贱不能移，威武不能屈。◎《孟子·滕文公下》

富贵不能淫
富贵不能淫

贫贱不能移
贫贱不能移

威武不能屈
威武不能屈

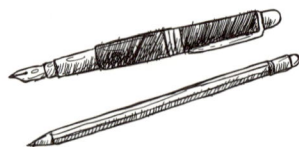

和谐的人际关系是一个人最大的资本。
真正的友谊从来不会平静无波。◎塞维涅夫人

和谐的人际关系是

一个人最大的资本

真正的友谊从来

不会平静无波

◆ 塞维涅夫人，原名玛丽·德·拉比坦 - 尚塞尔，法国书信作家，17 世纪
书简作家的代表，代表作《书简集》。

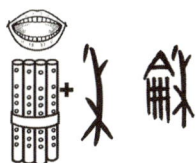

与有肝胆人共事，从无字句处读书。◎周恩来
最难忍受的孤独莫过于缺少真正友谊。◎弗朗西斯·培根

与有肝胆人共事

从无字句处读书

最难忍受的孤独莫

过于缺少真正友谊

为门庭增添光彩的是来做客的朋友。◎拉尔夫·沃尔多·爱默生
衡量朋友的真正标准是行为不是言语。◎乔治·华盛顿

为门庭增添光彩的

是来做客的朋友

衡量朋友的真正标

准是行为不是言语

◆ 乔治·华盛顿，美国杰出的资产阶级政治家、军事家、革命家，美国开
国元勋、首任总统。被尊称为"美国国父"，又称"合众国之父"。和亚
伯拉罕·林肯、富兰克林·罗斯福并列为美国历史上最伟大的总统。

在业务的基础上建立的友谊，
胜得过在友谊的基础上建立的业务。◎约翰·戴维森·洛克菲勒

在业务的基础上
在业务的基础上

建立的友谊
建立的友谊

胜得过在友谊的
胜得过在友谊的

基础上建立的业务
基础上建立的业务

◆ 约翰·戴维森·洛克菲勒，美国慈善家、资本家，1870年创立标准石油，
也是20世纪第一个亿万富翁。

人好刚，吾以柔胜之；人用术，吾以诚感之；人使气，吾以理屈之。

人 好 刚 吾 以 柔 胜 之

人 用 术 吾 以 诚 感 之

人 使 气 吾 以 理 屈 之

岁寒知松柏，患难见真情。
路遥知马力，日久见人心。

岁寒知松柏

岁寒知松柏

患难见真情

患难见真情

路遥知马力

路遥知马力

日久见人心

日久见人心

一致是强有力的，而纷争易于被征服。◎伊索
亲之割之不断，疏者属之不坚。◎韩愈

一致是强有力的

而纷争易于被征服

亲之割之不断

疏者属之不坚

◆ 伊索，古希腊著名的哲学家、文学家，与克雷洛夫、拉·封丹和莱辛并称世界四大寓言家。

◆ 韩愈，字退之，自称韩昌黎；晚年任吏部侍郎，又称韩吏部。卒谥文，世称韩文公。唐代杰出的文学家、思想家、哲学家、政治家，与柳宗元同为当时古文运动的倡导者，二人被合称为"韩柳"。柳宗元被后人尊为"唐宋八大家"之首，苏轼称赞他"文起八代之衰"。

谨慎比大胆要有力量得多。◎维克多·雨果
天时不如地利，地利不如人和。◎《孟子·公孙丑下》

谨 慎 比 大 胆

谨 慎 比 大 胆

要 有 力 量 得 多

要 有 力 量 得 多

天 时 不 如 地 利

天 时 不 如 地 利

地 利 不 如 人 和

地 利 不 如 人 和

铸人脉

劳谦虚己，则附之者众；
骄慢倨傲，则去之者多。◎葛洪

劳谦虚己
劳谦虚己

则附之者众
则附之者众

骄慢倨傲
骄慢倨傲

则去之者多
则去之者多

◆ 葛洪，东晋道教学者、著名炼丹家、医药学家。字稚川，自号抱朴子，世称小仙翁，著有《抱朴子》等。

铸人脉

妥协对任何友谊都不是坚固的基础。◎拉宾德拉纳特·泰戈尔
谦虚是不可缺少的品德。◎夏尔·德·塞孔达·孟德斯鸠

妥协对任何友谊都

不是坚固的基础

谦虚是不可缺少的

品德

◆ 夏尔·德·塞孔达·孟德斯鸠，法国启蒙时期思想家、律师，也是西方国家学说和法学理论的奠基人。与伏尔泰、卢梭合称"法兰西启蒙运动三剑侠"。

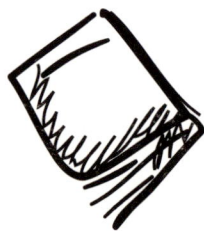

将合适的人请上车，不合适的人请下车。◎詹姆斯·柯林斯
小成功靠个人，大成功靠团队。◎比尔·盖茨

将合适的人请上车

不合适的人请下车

小成功靠个人

大成功靠团队

◆ 詹姆斯·柯林斯，美国人，一代管理大师，《基业常青》和《从优秀到卓越》的作者。

◆ 比尔·盖茨，全名威廉·亨利·盖茨三世，简称比尔或盖茨。美国企业家、软件工程师、慈善家、微软公司创始人。曾任微软董事长、CEO和首席软件设计师。

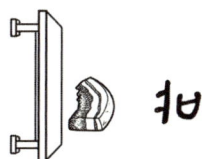

扣

企业最大的资产是人。◎松下幸之助
企业的成功靠团队，而不是靠个人。◎罗伯特·凯利

企业最大的资产

是人

企业的成功靠团队

而不是靠个人

◆ 松下幸之助，日本著名跨国公司"松下电器"的创始
人，被世人称为"经营之神"。

学管理

细节做好叫精致，细节不好叫粗糙。
授权并信任才是有效的授权之道。◎史蒂芬·柯维

细节做好叫精致

细节不好叫粗糙

授权并信任才是

有效的授权之道

◆ 史蒂芬·柯维，美国著名的管理学大师，被美国《时代周刊》誉为"思想巨匠""人类潜能的导师"，并入选影响美国历史进程的 25 位人物之一。他是柯维领导中心的创始人，也是富兰克林柯维公司的联合主席。他的《高效能人士的 7 个习惯》一书被翻译成 28 种语言出版，销量过亿册。他的另一本书《领导者准则》也是畅销书。

不只奖励成功，而且奖励失败。◎杰克·韦尔奇
企业未来的竞争，就是细节的竞争。◎布鲁诺·蒂茨

不只奖励成功

不只奖励成功

而且奖励失败

而且奖励失败

企业未来的竞争

企业未来的竞争

就是细节的竞争

就是细节的竞争

◆ 杰克·韦尔奇，通用电气（GE）董事长兼 CEO。在短短 20 年间，这位商界传奇人物使 GE 的市场资本增长 30 多倍，达到了 4500 亿美元，排名从世界第十提升到第一。被誉为"最受尊敬的 CEO""全球第一CEO""美国当代最成功最伟大的企业家"。

创新就是创造一种资源。◎彼得·德鲁克
卓有成效的管理者善于用人之长。

创新就是创造一种

资源

卓有成效的管理者

善于用人之长

◆ 彼得·德鲁克，现代管理学之父，其著作影响了数代追求创新以及最佳
管理实践的学者和企业家们，他的各类商业管理课程也都深受彼得·德
鲁克思想的影响。

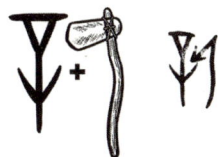

不要把所有的鸡蛋放在同一个篮子里。◎詹姆斯·托宾
危机不仅带来麻烦，也蕴藏着无限商机。◎格雷格·布伦尼曼

不要把所有的鸡蛋

放在同一个篮子里

危机不仅带来麻烦

也蕴藏着无限商机

◆ 詹姆斯·托宾，1981年诺贝尔经济学奖获得者。托宾的贡献涵盖经济研究的多个领域，诸如经济学方法、风险理论等内容迥异的方面，尤其在宏观经济学理论和经济政策的应用方面独辟蹊径。

唯一能持久的竞争优势，是胜过竞争对手的学习能力。◎ 盖亚斯

唯一能持久的竞争

优势是胜过竞争

对手的学习能力

管得少，就是管理好。
试玉要烧三日满，辨材须待七年期。◎白居易《放言》

管得少

就是管得好

试玉要烧三日满

辨材须待七年期

间架结构习字法

　　传统习字的描红本，最大的特色是能让学习者在有辅助的情况下，更好入门。然而，描红本当中的辅助欠缺了渐进性，一旦脱离了描红线条辅助，字迹很快就会被打回原形，想必这是很多练字者共同的困惑，因为一般描红容易让人在练习时疏于思考。所以，本书运用间架结构的概念，把思考的机会还给读者。有了第三章的基础，加上这一章的结构训练，你也能逐渐掌握写字的间架结构，徜徉在美妙的汉字当中。

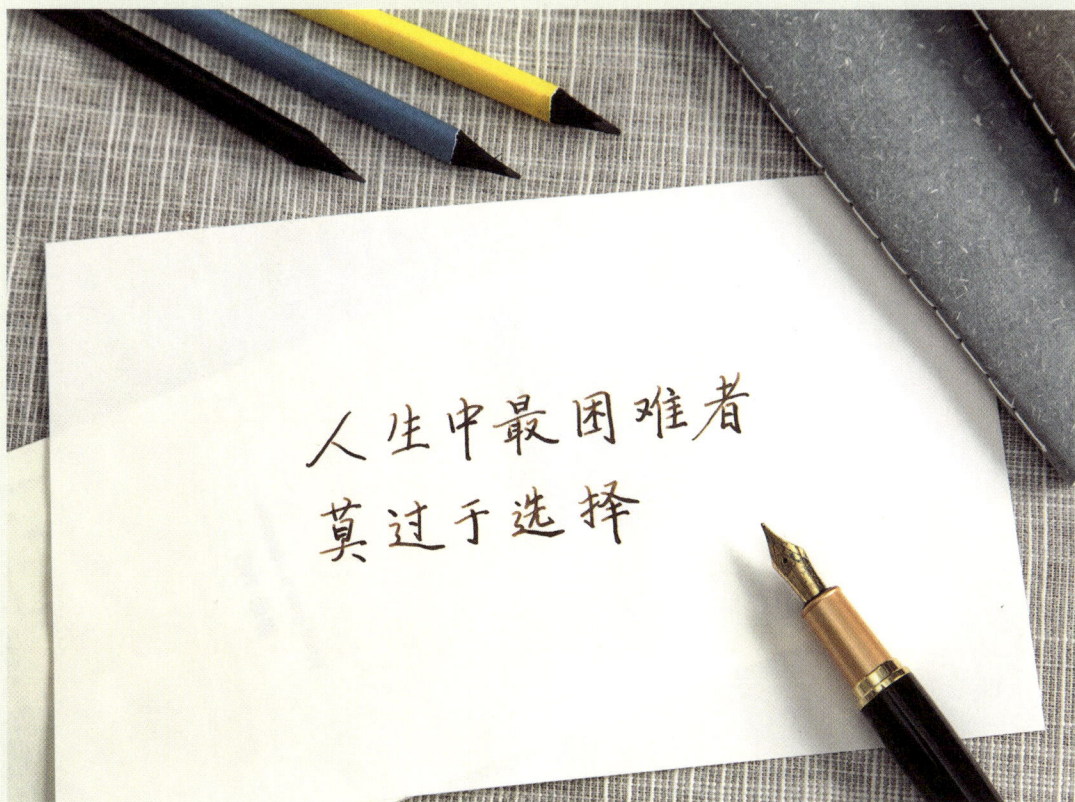

人生中最困难者
莫过于选择

左	广	一			都	者	耂	土	
右	广	一			眼	眼	艮	口	
退	退	艮	目		趣	趔	走	土	
服	肌	月	月		境	培	扩	土	
装	歩	壮	丬		怨	夗	夗	夕	
相	机	木	十		仰	化	化	亻	
将	将	丬	丬		女	女	人	丿	
越	起	走	土		零	雯	雨	广	
于	二	一			泪	汩	氵	丶	
经	纟	纟	乙		衡	澚	徻	亻	
站	立	立	二		灭	灰	六	一	
远	元	元	二		前	肖	肖	丷	
勇	甬	马	マ		再	而	厅	一	
释	釈	采	乑		黑	里	甲	口	
翅	翅	赵	方		夜	衣	亦	亠	

对	对	又	ㄋ		事	亖	一	一	
好	好	女	ㄑ		节	艿	艹	一	
还	不	不	丆		乡	乡	乡	乞	
走	赱	丰	土		以	以	以	丷	
叶	叶	口			疯	疘	疒	广	
巨	彐	彐	一		也	也	力	刀	
丹	月	月	丿		漠	渷	汼	氵	
勿	勾	勹	丿		火	火	灬	丷	
闻	冂	门	丨		道	首	首	丷	
少	小	小	丨		方	宁	亠		
来	来	亚	一		成	万	厂	一	
此	此	止	止		世	廿	十	一	
在	在	才	一		进	井	井	二	
傲	佬	佳	亻		顺	川	川	丿	
望	诅	讠	讠		职	耵	耳	丌	

123

左半部分（每行从左至右为完整字及笔画分解）：

势	执	扎	才
谓	谓	讶	讠
极	极	极	木
斯	斯	其	甘
墓	莫	苗	廿
内	内	门	丨
点	点	占	卜
永	永	习	丁
翼	習	羽	彐
满	满	泔	氵
君	尹	子	了
的	的	白	白
别	别	另	号
没	没	汎	氵
真	直	首	方

右半部分（每行从左至右为完整字及笔画分解）：

而	丙	厂	一
影	景	早	日
最	最	早	日
微	微	徘	彳
寂	宋	宀	冖
胜	胖	月	月
视	初	衤	礻
独	独	犭	犭
花	艹	艹	一
受	受	爫	爫
器	哭	吅	口
就	就	京	亠
死	歹	歹	一
看	手	手	二
何	何	仁	亻

孤	孤	犭	犭		美	美	羊	⺷
识	识	讠	讠		种	种	禾	ノ
是	昰	旦	日		击	击	丰	一
盛	成	成	一		让	让	讠	丶
悲	悲	非	非		所	所	户	丿
弱	弱	弓	𠃌		可	口	一	一
切	切	七	一		近	近	近	斤
之	之	丶	丶		即	即	艮	𠃌
得	得	彳	彳		时	时	日	丨
么	么	丿	丿		必	必	心	丶
有	才	ナ	一		几	几	ノ	
问	门	讠	讠		长	长	长	ノ
迷	迷	米	丷		知	知	矢	ノ
多	多	夕	勹		不	不	丆	一
安	安	宀	宀		流	沛	氵	氵

你	你	伫	亻		乐	乐	乞	'		
春	夫	丰	三		为	为	ソ	又		
志	志	吉	士		欢	欢	欢	木		
行	行	彳	亻		机	机	机	木		
芯	芯	心	心		总	总	总	⼎		
勤	勤	堇	廿		挤	扰	扌	才		
物	牣	牜	牛		丽	丽	币	一		
须	彡	彡	彡		牺	牰	牜	乍		
验	验	马	马		断	断	迷	兰		
征	征	彳	亻		忧	忊	忄	忄		
尘	小	一			举	举	关	⺍		
边	力	力	刀		关	关	兰	丷		
读	读	讠	讠		怀	忋	忄	忄		
赢	肓	言	亠		暖	晔	日	日		
艺	廿	十	一		恋	恋	亦	二		

繁	繁	每	宀		头	头	三	氵		
露	霻	雨	雨		彩	彩	氵	氵		
离	离	卤	宀		浅	浅	人	亻		
度	庐	广	广		合	合				
书	书	𠃌	𠃌		柔	柔	矛	矛		
羡	羡	羊	丷		出	出	屮	凵		
随	隋	阝	阝		锋	铁	钅	钅		
悔	悔	忄	忄		惟	忾	忄	忄		
臣	臣	丆	一		情	怅	忄	忄		
观	观	又	乛		喜	責	吉	士		
我	我	牙	二		感	咸	后	厂		
海	海	氵	氵		子	了	乛	乛		
学	学	丷	丷		生	牛	亡	亠		
如	女	𠃌	丿		皮	皮	广	一		
云	云	二								

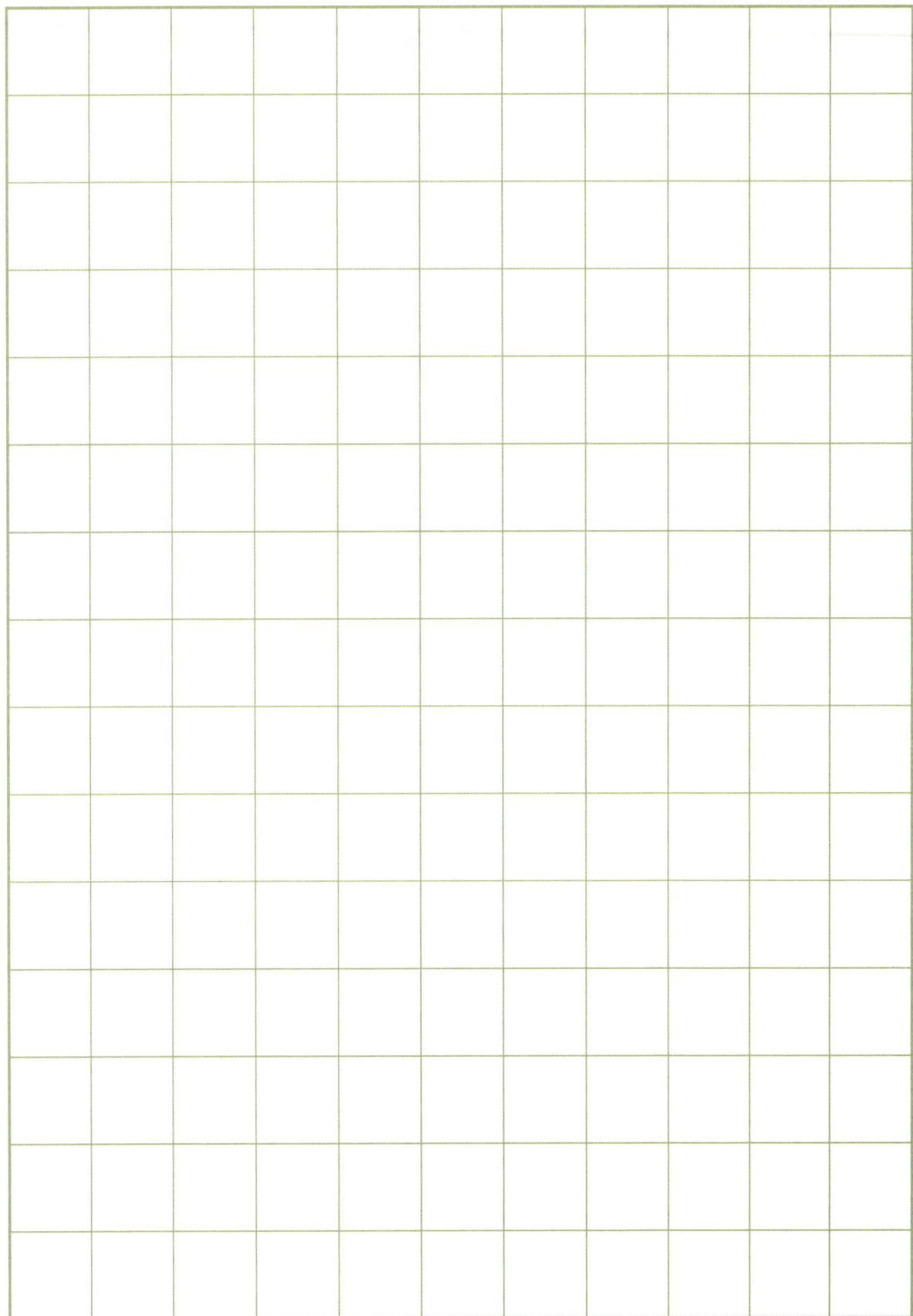

图书在版编目（CIP）数据

写下遇见你的每一天 / 林怀仁编；田雪松书. ——
北京：北京联合出版公司, 2017.11

ISBN 978-7-5596-0382-1

Ⅰ. ①写… Ⅱ. ①林… ②田… Ⅲ. ①诗集 – 世界
Ⅳ. ①I12

中国版本图书馆CIP数据核字(2017)第088660号

写下遇见你的每一天

项目策划 紫图图书 ZITO®

监　制 黄利 万夏

编　者 林怀仁
书　者 田雪松
责任编辑 宋延涛
特约编辑 张耀强　高翔　李夏夏
装帧设计 紫图图书 ZITO®

北京联合出版公司出版
（北京市西城区德外大街83号楼9层　100088）
北京中科印刷有限公司印刷　新华书店经销
20千字　787毫米×1092毫米　1/16　9印张
2017年11月第1版　2017年11月第1次印刷
ISBN 978-7-5596-0382-1
定价：49.90元